「いいかげんに……しろっ」

悔しそうな涙目が柾鷹をにらみつけてくる。

本当に体中がぞくぞくする。

（本文より）

最凶の恋人—追って追われて—

FUUKO MINAMI
水壬楓子

Illustration
しおべり由生

SLASH
B-BOY NOVELS

この物語はフィクションであり、実際の人物・団体・事件等とは、一切関係ありません。

CONTENTS

初出一覧

Run and Chase, and Hunt —追って追われて— ／書き下ろし

Run and Chase, and Hunt ―追って追われて―

1.

暦《こよみ》の上では秋とはいえ、九月の上旬ではまだ真夏といっていい暑さだ。

朝木《あさぎ》遙《はるか》は額の汗を拭《ぬぐ》いながらあたりを見まわし、場所を確認した。こんな時、携帯がないとやはり不便だ。

馴染《なじ》みのない繁華街だった。夜の店が並んでいるだけに、夕方の四時前というまだ明るい時間帯は逆に人通りも少なく、妙に廃墟めいた肌寒さを覚えてしまう。目の前の地下へと続く薄暗い階段は、さらに異世界への入り口のようだ。

とはいえ、開店前のバーに入るような機会はめったになく、それだけに少しものめずらしさが先に立ってしまったところはあったのだろう。

今日はジム帰りで、浅めのVネックのカットソーにグレージュのパンツというラフな格好では、営業時間のこんな店に入るのはかなり気が引ける。

まだ明かりのない扉の脇の、小さくかかっていたプレートの店名を確かめてから、遙はそっと扉を押し開いた。

中は薄暗かったが、聞いていた通り、鍵は開いている。

明かりはずっと奥のカウンターの上に灯《とも》っている小さな間接照明だけで、戸口からの光も、地下ということもあってほとんど届いていない。

奥まで見通せなかったが、それでもかなり広そうだな、というのはわかった。カウンターだけでなく、テーブル席もいくつかあるのだろう。カジュアルなバーというより、比較的年齢層が高めの、大人向けといった雰囲気だ。コンクリートやフローリングの床ではなく、しっかりとした絨毯《じゅうたん》の感触に靴が吸いこまれる。

人気はなかったが、おそらくバックヤードの方だろうな、と思いながら、遙はゆっくりと足を踏み入れた。

「橘《たちばな》くん？」

わずかに高めに声を上げ、カウンターに向かってさらに奥へと進んでいく。

――と。

「うわ…っ」

ふいに何かに足を取られて、遙はとっさに手を伸ばし、スツールに手をつこうとしたものの、思いきり体勢を崩して床へ膝をついてしまった。勢いで肩に引っかけていたトートバッグがすべり落ち、いくつか中身も飛び出したのだろう。

ジム帰りで放りこんでいたタオルやジャージ、キーケースや財布らしいものが、絨毯についた指先に当たっている。

「朝木さん？　大丈夫ですか？」

そのあせった声が届いたのだろう。

カウンターの奥で、バックヤードのドアが開いたのか、パッと四角く切り取られたような明かりが弾け、橘の声が聞こえてきた。

「ごめん。何かにつまずいたみたいで」

テーブルかソファの脚だろうか。何か傷つけてないといいけどな、と少しあせりながら、遙はとりあえずカウンターに手をついて立ち上がった。

「うわー、暗くてすみませんっ。俺もちょうど、今来たとこで。電気、つけますね」

そんな声とともに、パッパッ…と天井から柔らかな光が降ってきた。

やはりシックなバーだけにまばゆいような明るさではないが、クラシックなシャンデリアが中央からつり下がっているのがわかる。

すぐに目に入ったのが、渋い赤の壁紙と黒革のソファ。黒檀《こくたん》の飾りテーブル。シガーバーのような、いかにも重厚な内装だ。

橘みたいな若者が働いているということで、もうちょっとカジュアルな店をイメージしていたせいか、少し意外だった。

年は聞いてなかったが、橘は二十代なかばくらいだろう。遙よりも十歳近くは若い。

「すみませんでした。わざわざ来てもらって」

申し訳なさそうな橘の声。

「いや、こっちこそ。そもそも俺のミスだから。いそがしいのに時間をとらせちゃって、申し訳……――な……っ」

カウンターの奥の橘に向かって返してから、ようやくバッグを拾い上げようと足下に視線をやった瞬間、遙は絶句した。

しばらくは瞬きもできず、頭の中が真っ白になる。

「冗談だろ……」

無意識に片手が口元を覆い、そんな言葉が指の隙間からこぼれ落ちた。

「朝木さん?」

呆然と立ち尽くした遙の様子に、怪訝《けげん》そうに橘がカウンターをまわってくる。そして、遙の足下に転がっているモノが目に入ったとたん、大きく息を呑《の》んだ。

「なんで……?」

どうやら遙がつまずいたのは、男の、死体、だったらしい。

後頭部を殴られたのか、固まった赤黒い血が髪にへばりついている。うつ伏せに近い形で顔はよく見えなかったが、ピクリとも動かないところをみると、やはり死んでいるのだろう。

「あ、朝木さん……、これ……?」

あえぐように橘が声を絞り出す。

遙もさすがに血の気が引いていた。

——これは、マズい。

2.

その二週間ほど前——。

「で、どういうわけでそいつを千住《せんじゅ》にやらせようってことになるんですかね？」

磯島《いそじま》のいらだたしげなダミ声が五十畳はある広間に響き渡った。

指定暴力団神代会《かみしろかい》の例会である。

全国に傘下の組を抱える総本部は関西にあるのだが、神代会はその二次団体であり、関東一円を仕切っている。会長が長らく病気療養中のため、会長代行が事実上のトップであり、今日もその鎌倉《かまくら》にある別荘へ強面《こわもて》の組長たちがぞくぞくと集まっていた。

広い庭園に面した和室の大広間で、真っ白な障子《しょうじ》に、畳の匂いも真新しい。

正面には代行、少し離れた脇に側近の高園《たかぞの》。そして代行の御前《ごぜん》には、ずらっと二列に向かい合って組長たちが分厚い座布団に腰を下ろしていた。

今回集まっているのは、総勢十四、五名ほどだ。いずれも、神代会傘下の三次団体の組長ということになる。

八月も終わりに近づいているとはいえ、まだ蟬《せみ》の声もうっとうしいこの時期、ダークスーツの集団はいかにも暑苦しい。

そしてたいていはシノギの現状だとか、総本部からの通達だとか、方針だとか、あるいは業界的な世間話で終わる例会だが、今日はいささか白熱していた。

今回の例会に、予定外に上がってきた議題のせいである。

関東では、「神代会」の向こうを張る一大勢力である「一永会《いちえいかい》」と、老舗《しにせ》の武闘派組織である「美原連合《みはら》」の三つの団体が複雑なバランスでにらみ合っていたのだが、規模でいえば、神代会が頭一つ抜けていると言えるだろう。

むろんシノギや縄張りを奪い合う敵対組織ではあるのだが、暴対法以降、社会的な締めつけも厳しくなった昨今、ある程度の妥協と協力体制は必須となっている。おたがいに組織の総長やら幹部やらの葬式に丁重に顔を出したり、挨拶《あいさつ》がてら会合を持ったりと、表面上、トップの間では友好関係が築かれていた。

そんな中で、一永会傘下の小野瀬《おのせ》組と、美原連合傘下の宮口《みやぐち》組との間でもめ事が起こったのは、二、三カ月ほど前だろうか。

当然、神代会でも把握はしていたが、他の組織のいざこざでもあり、とりあえずよけいな手は出さずに傍観しているくらいだった。が、神代会の縄張りでも小競り合いが頻発するようになり、当局の取り締まりが強化されたりと、正直、迷惑しているところもあって、どうやら会長代行が調停に乗り出すことになったらしい。

おたがいに落としどころを探っていた時期でもあったのだろう。代行の顔を立てる意味でも、双方が「手打ち」ということで合意したようだった。

そしてその手打ち式の仲裁人に、千住組組長、千住柾鷹《まさたか》が指名されたのだが——。

「俺だと何か問題でも？　磯島の組長」

柾鷹は座布団の上で胡座《あぐら》をかいたまま、ちょうど斜向かいにすわっていた男に、にやりと片頰で笑ってみせた。

実際のところ、柾鷹にしてもついさっき、この例会の場で初めて「千住の、おまえさんにこの件の仕切りを任せようと思うんだが、どうだい？」と、えらく気楽な調子で代行から打診されたばかりで、内心では驚いてもいた。

が、もちろん、そんなそぶりはおくびにも出さない。そして指名された以上、ヤクザのメンツにかけても「できません」などという返答はあり得ない。

手打ち式の仕切り、仲裁役ともなれば大役であり、きっちりやり遂げられれば箔《はく》もつく。上層部に対して実力を示せるいい機会であり、この先の、神代会の中での地位や発言力にも影響は出るだろう。

が、なにぶん遺恨《いこん》のある二つの組織が相対するわけで、突発的に何かが起こる可能性は十分にある。逆に何か不始末、不手際があって、手打ちが失敗するようなことにでもなれば、柾鷹も面目を失うわけで、なんだかんだと理由をつけて遠回しに断ることも不可能ではない。が、ここで及び腰になるようでは、組織の中で成功はおぼつかない。柾鷹のような「若手」であればなおさらだ。

　まあ、受けるか受けないかは組の事情にもよるだろうが、何にしても、指名されただけで栄誉なことではある。

　と同時に、当然、反発する人間も出てくるわけだ。

　同じ神代会に属しているとはいえ、――いや、むしろ同じ神代会だけに、組織内での足の引っ張り合いは水面下で苛烈《かれつ》を極めている。

　磯島組長などは、柾鷹を目の敵《かたき》にしている筆頭だろう。

「格ってモンがあるでしょう！　こんな若造に任せていいんですかい？」

　根回しも何もない、突然降って湧いた話に、唾を飛ばす勢いで代行を問いただしている。

　もしかすると、代行が調停に乗り出している、という話を聞いた時点で、自分が手打ちを仕切る算段をしていたのかもしれない。

　磯島は五十代なかばのいいおっさん……だが、よく言えば古参《こさん》の組長で、神代会への長年の貢献度も高い。神代会の幹部の一人だが――そもそもこの例会に出られるくらいなら幹部と言えるのだが――、中でも中堅の組長たちをまとめている一人だ。

　そして、柾鷹を中心とした若手の台頭に神経を尖らせている。

　今ちょうど神代会では、終身の地位である最高幹部の席が一つ空いたところで、それをめぐってはかなりのつばぜり合いになっていた。

　最高幹部という地位は、まだまだ若手の柾鷹からすればもう少し先の目標ではあるが、もちろん早く手に入れられるものならそれに越したことはない。そしてどうやら、まったく目がないわけでもないらしい。

決めるのは代行をはじめとした最高幹部会だが、ここで柾鷹がその「手打ち式」を成功させれば、磯島からすれば大きなポイントをとられる、ということになる。

うっかりすると自分を飛び越えて最高幹部になる可能性があるわけで、それだけは我慢できない、ということだろう。

「代行がまとめた調停ですよ？　いわば名代《みょうだい》だ。それをこんな若造に……。相手だって納得できないと思いますがね？」

いかにも論外だと言いたげに、磯島が首を振ってみせる。

「千住みたいな若造には、まだちょいと荷が重いんじゃねぇですかねぇ…？　手打ち式を仕切った経験もねぇでしょう」

磯島とは同世代で一党でもある田沼《たぬま》の組長が、耳の後ろを掻きながらいかにも疑わしげに口を挟む。

「そういう仕切りも、いつかは経験することですからね。それが今回だってだけで。それに、ちょっとした手打ちくらいなら何度か経験はありますよ？」

柾鷹はことさら軽い調子でへらっと笑ってみせた。

「今回のは、そのちょっとしたヤツとはわけが違うだろ。あぁ？　身内の話じゃねぇ。一永会と美原連合の間に立つんだ」

「もちろん、わかってますよ。どれだけ重大なお役目かは。とはいえ、せっかくの代行からのご指名ですからね。心してお受けするつもりですよ」

いくぶん気色《けしき》ばんだ田沼に、柾鷹はゆったりと言い放つ。

「まあまあ…。別に田沼組長や磯島組長が心配されるほど難しい仕事じゃないでしょう。それこそ、代行のお声がけで手打ちの内容は詰まってるんだ。双方の合意はとれている。あとは形式だけの問題ですからね。……ハハッ、こんな若造でも十分な役目ですよ」

柾鷹の隣にすわっていた名久井《なくい》の組長が、パンパンと柾鷹の肩をたたき、何でもない調子で口を開いた。

神代会の中でも、柾鷹とは長年の盟友と言える男だ。

いかにも間を取り持つような軽い言葉だが、深読みすると結構な皮肉でもあった。

若造でもやれる軽い仕事を、あんたらは重荷に感じているのか？　と。そして、代行の調停が不十分だと言いたいのか？　と。

ちらっと柾鷹を眺めた名久井の目が、おもしろそうに瞬く。

「――代行！　どうして千住なんですっ？　そこんところの理由をはっきりさせちゃいただけませんか？」

よほど動揺したのか、腹に据えかねたのか、磯島が膝の向きを変えて詰め寄った。

代行に対しては、さすがにめずらしい強気な物言いだ。

とはいえ、この代行は多分、そういうつっかかり方が嫌いではない。

「別にたいした意味はねぇさ」

七十になろうかという痩せた肩をすくめて、着物姿の代行が薄く笑った。

「当事者の小野瀬や宮口の方に誰に立ち会ってもらいてぇか、一応の意向を聞いたところ、千住の名前が挙がったってだけでねぇ」

「な、なんで千住の……？」

あっさりと返されて、さすがに予想外だったのだろう、磯島が言葉を詰まらせた。

「……あぁ？　なんだよ、もしかして千住は一永会や美原連合と裏でつるんでんじゃねぇだろうな？」

いかにも疑わしげに、田沼が顔をしかめる。

「よしてくださいよ。ま、顔を合わせたことくらいはありますがね」

柾鷹はとぼけたが、実は一永会の小野瀬とは以前にちらっと関わったことがある。かといって、特別に何かあったわけでもないし、仲良しこよしなわけもない。宮口の方とは、直接の面識はないはずだ。

「向こうからすれば、せっかくのこの機会に顔をつないでおきたい相手ってことじゃねぇのかねえ…」

前に置かれていた湯飲みに手を伸ばしながら、代行が何でもないように言った。

が、要するに一永会や美原連合の方にも、「千住柾鷹」の名前は知られている、ということだ。

敵にまわすか味方につけるかはともかく、一目置かれている。

磯島からすれば腹立たしい限りだろうが、相手からの指名では反論のしようもないのだろう。いまいましげに舌打ちした。

「ま、そういうことだ。あとは任せるから、よろしく頼むよ。千住ののんびりと言って、代行が気だるげに立ち上がった。

一同が急いで居住まいを正し、深く一礼する。

代行が部屋を出ると同時に散会となった。

「手打ち式を仕切ることになった」

例会のあとは食事会になるのが通例だった。といっても、立食形式の軽いものだ。雑談やちょっとした情報交換などにいい機会だが、これには別荘まで同行してくる各組長の側近たちも交じることができる。

その側近たちは側近たちで、控え室で待っている間に、やはり側近レベルでの情報交換が行われているのだろう。

千住組の若頭である狩屋《かりや》秋俊《あきとし》と合流した柾鷹は、とりあえずその事実を伝えた。

柾鷹の責任で執《と》り行う手打ち式だが、実質的にはすべて狩屋が手配することになるのだ。

「手打ち、と言いますと?」

「例のアレさ。一永会の小野瀬と、美原連合の宮口」

ああ…、と狩屋がうなずいた。

「代行が調停されていた案件ですね」

やはりそれがホットな話題なのだろう。

柾鷹がローストビーフを嚙みちぎりながら話していた間に、他の組長と側近たちの間でもその情報がやりとりされているらしく、ちらちらとこちらに視線が流れてくるのを感じる。

「大仕事ですね…」

短いため息とともに、狩屋がつぶやいた。

「持ち出しも多そうだしな」

柾鷹も肩をすくめる。

実際のところ、名久井が言うような簡単な仕事ではない。

確かに、すでに調停の中身はできているので、何かない限り手打ちの内容でもめることはないはずだが、準備はかなり大変なのだ。

日程を決め、会場を決め、どちらの顔も潰さないように段取りや立会人を決めて。食事の用意や心づくしの土産物の手配。

その費用は神代会が出してくれるわけではなく、基本、千住の持ち出しになる。

だから代行としても、金回りの悪いところへは押しつけられない。少なくとも千住なら問題ない、とお墨付きをもらったわけだ。

名誉ではあるが、正直なところ、喜んで引き受けたいわけでもなかった。

とはいえ、断れない以上、やるしかない。

「最高幹部、ワンチャンあるぞー」

いつの間にか背後に忍び寄っていた名久井が、脳天気にあおってくる。

「千住の本家でやるのか？　だったらやり手の姐《あね》さんも立ち会ったりして？」

やり手の姐さん――というのはもちろん、柾鷹の可愛い恋人である朝木遙のことだ。

男、ではあるが。

なんやかやと柾鷹的にはあまりおもしろくない経緯があって、神代会の中でその存在はしっかりと認識されているため、ほとんどの組長には「姐」認定されているらしい。

千住組の中でもそうなのだが、遙本人は「姐」などと呼ばれることを潔《いさぎよ》しとしていないため、身内には「顧問」と呼ばれている。まあ、遙自身は千住の構成員ではないので、「顧問」という正式な役職に就いているわけでもなく、単なる呼び名に過ぎないのだが。

「……あ？　出るわけねーだろ」

ふん、と無愛想に柾鷹は鼻を鳴らした。

一応、千住の本家――の離れ――に同居しているとはいえ、遙はヤクザではないので、もちろんそんな義理事に顔を出すことはない。出させるつもりもない。

が、名久井はにやりと笑った。

「もしかして小野瀬や宮口がおまえを指名したのって、おまえのカワイイ遙ちゃんの顔が見たか

「ったからだったりしてぇ?」

「バカぬかせ」

まさか、小野瀬たちがそこまでお気楽なはずはない。……とは思う。

「外の組にも、千住の姐さんの噂はじわじわ広がってそうだしなァ……。やり手で美人で、千住の組長が首ったけだってな。そこいらの女には見向きもせずに、姐さん一筋」

名久井の言葉はあからさまな嫌がらせ、というか、からかっているだけではあるが、……まったくの的外れとも言えない、かもしれない、というあたりがムカつくところだ。

実際、一永会の小野瀬は遙と会ったことがある。ちょっかいを出してきやがったことがある、と言うべきだろうか。

もちろん、二度と会わせるつもりはなかったが。

「あいつはカタギなんだよ」

ムスッと言った柾鷹に、名久井がさらりと返す。

「まわりはそうは見てくれねぇからなー」

その通りなだけに、言い返す言葉はない。

ちょっとした警告だというのはわかっていたが、柾鷹はじろりと悪友をにらみつけた――。

◇　　　　◇

「なんか大きな仕事が入ったって？　手打ち式だっけ」

この日、本家へもどった柾鷹が遙のいる離れを訪れたのは、夜の九時過ぎだった。

遙はこの時間、風呂に入っていることが多く、その間にこっそり入りこみさえすればすぐに追い出される確率は低い。千住組本家の敷地内にある離れだけに、ふだんから玄関の鍵もかかっていないのだ。

髪をタオルで乾かしながら風呂からあがってきた遙が、いつもの甚平《じんべい》姿でリビングのソファに転がっている柾鷹をちろっと横目に見たが、特に驚いた様子はない。

冷蔵庫に直行してペットボトルのミネラルウォーターを引っ張り出しながら、いつになくそんなことを聞いてきた。

「……あ？　なんでそんなこと知ってんだよ？　おまえが」

眉間に皺《しわ》を寄せ、むっつりと柾鷹は聞き返す。

柾鷹としては、極力、組関係のことは遙の耳に入れないようにしている。何か遙に関わることで、知らせておかなければ身の危険がある、という状況でもなければ、だ。

よけいなことを知らなければ、遙も誰かに――特に警察関係者に――聞かれても答えようがない。その分、後ろめたさもないし、安全だということだ。

遙自身、そのあたりは理解しているので、何かあったと察しても深く聞いてくることはなかった。

「部屋住みの子がウキウキ言ってたけど」

が、あっさりと答えた遙に、柾鷹は思わず舌打ちした。

実際のところ、組員の口が軽いのは問題だ。重大な案件なら下っ端に知らせることはないが、それでもやはりもれたらやっかいな情報もある。

そしてどの組でも、他の組の情報を少しでも手に入れようと、躍起《やっき》になっているものだ。何が弱みになるかもわからない。

「あぁ？　誰だよ？」

「おい、犯人捜しはするなよ？　別に悪気があったわけじゃない。なんかちょっとうれしそうだったから、俺が聞いたんだよ」

あからさまに不機嫌な柾鷹の様子に、遙が少しあせったように言った。

あとでタコ殴りにされたりすると気の毒だと思ったのだろう。

「うれしそう、ねぇ…」

柾鷹は思わず指先で顎《あご》を掻いた。

確かに大役ではあるが、子分たちがそんなことで喜ぶとは思っていなかった。

「親分にふだん自慢できるところが少ないからだろ」

「……あ？　なんだと？」

唇の端でちらっと笑って遙に指摘され、柾鷹は不服そうに遙をにらむ。

「いつもナマケモノだからな。たまに仕事をしてるのがめずらしいとかな」

澄ました顔で答え、遙はペットボトルを開けながらこちらに向かってきた。

柾鷹の足を容赦なくソファからはたき落とし、空いたスペースにどさりと腰を下ろす。

「別に悪い話じゃないんだろ？　手打ちなら法に触れることでもないんだろうし。ヤバイ話ならあえて聞きたくはないけど」

「まぁな…」

柾鷹もテーブルの缶ビールに手を伸ばしながら、うなるように答える。

ここの冷蔵庫には常に缶ビールが何本かストックされているのだが、遙が自分で飲むためではない。遙は基本、水かお茶、もしくはワイン派だ。だから、缶ビールは柾鷹のためだけのストックになる。

いつもツンデレだが、やはりデレは隠しきれていない。

やっぱり愛されてるなっ、とにんまりしてしまうところである。

わざわざ指摘すると、照れたあげくに不機嫌になって追い出されかねないので、口にはしなかったが。

「抗争をやめて、表向きだけでも仲良くやるっていうのは、善良な一般市民からみても歓迎すべきことだし」

遙がぐっと水を飲んで背もたれに身体を預け、それこそ善良な一般市民的なコメントをする。

「それで仲良くなるわけじゃねぇけどな…」

子供のケンカじゃあるまいし。

柾鷹は肩をすくめた。

敵対関係が解消されるわけではなく、結局のところ、腹を探り合いながらの一時休戦に過ぎないわけだ。

「でも最近、そんな抗争とかあったっけ？　手打ちをしないといけないような」

きちんとキャップをしたペットボトルをテーブルに置きながら、遙がちょっと怪訝な顔をしてみせる。

千住組の姐？　という立場上、一応、業界の情勢は気にかけているらしい。

業界内ではそこそこの問題として認識されていたのだが、まだ発砲だとかカチコミだとかの事件には発展していなかったので、社会的には大きなニュースにはなっておらず、遙も気がつかなかったようだ。逆に言えば、その前に代行が調停に乗り出した、ということでもある。

「一永会の小野瀬と、美原連合の宮口ってヤツだよ」

「小野瀬？」

ピクッと、顔を上げ、遙がわずかに緊張した声を出す。

遙自身、以前に少しばかり関わったことがあるだけに、生々しく感じたのかもしれない。冷酷で頭がよく、敵にまわせばかなりやっかいで、容赦のない相手だと知っている。

「何をしたんだ…？　いや、何があったんだ？」

それだけに、反射的に聞いてしまったのだろう。表情がいくぶん険しい。

「もともとはたいした問題じゃなかったんだろうけどな」

柾鷹は足を組み直し、頭の後ろで腕を組むようにしてあえてのんびりと口を開いた。

「小野瀬の行きつけの店の女に、宮口の若いのがしつこくちょっかいを出したってのが発端だとか聞いたかな。そん時はおたがい、相手のバックは知らなかったんだろうが、若い連中が小競り合いになったらしい。追い返されてそこでやめてりゃよかったんだが、収まらなかった宮口の連中が小野瀬がケツ持ってる飲み屋で大暴れして、その報復で今度は小野瀬の若いヤツらが宮口の傘下の事務所にバイクを突っこませたりな…。ま、お決まりのコースだが、実弾が撃ちこまれる前に、うちの代行が介入したってわけだ」

あー…、と遙がため息とも、うなり声ともつかない声をもらす。

「そうか…。まあ、それで収まるんならいいけど」

「とりあえずは、だがな」

軽く返してから、柾鷹はさりげなく遙の膝に手を置いた。

「ま、おまえには近づけさせねぇよ」

安心させるように、足に置いた手に少し力をこめる。

いいセリフのはずだ。もちろん、本心でもある。

遙がふっとこっちを向き、唇の端で小さく笑った。

「俺も近づくつもりもないけどな」

さらりと言って、柾鷹の手が容赦なくつねり上げられる。

「……いでででっ！」

別に他意はなかった――はずだが、まあ、じわじわとその手が腿のあたりへ移動していたのは、単に無意識の習性みたいなものだ。

とっさに離した手の甲を撫でながら、思わず恨みがましい涙目で見上げてしまう。

やはりガードは堅い。

「じゃあ、おまえもしばらくはいそがしくなるな。……あ、おまえじゃなくて、狩屋がか」

遙がさらりと話をもとにもどす。そして、あっさりと真実をついてくる。可愛くない。

「あ、もしかして、手打ち式って本家でやるのか？」

と、思いついたように遙が首をかしげた。

「邪魔にならないように、しばらく俺はマンションの方に移っておこうか？　あぁ、それか、この機会に海外旅行とか行っても……」

「――おいっ！　おいおいおいっ！」

思案顔で勝手に話を進める遙に、柾鷹はあわててさえぎった。

いや、確かに手打ち式を千住の本家でやる可能性はある。というか、その可能性はかなり高い。

遙が言うように「仲良くなる儀式」ではあっても、大勢のヤクザが集まる義理事だけに、適当な会場を見つけるのは至難《しなん》の業《わざ》だ。コンベンションホールだとか、ホテルの大広間だとか、昨今はなかなか気安く貸してもらえない。

代行の別荘、という手もあるのだが、仕切りを任された以上、そこで頼るのも顔が立たない。

やはりこの千住の本家を舞台にするのが定石《じょうせき》なのだろう。

とすると、遙はもちろん、その場にいない方がいいわけだが。

これ以上他の――神代会以外の組の連中にまで、遙の顔をさらしたくはない。

「つっても、手打ち式は一日のうちの数時間だから。当日か、せいぜい前日から本家を出てればいいだけだし。当日の夜にはもどってきて問題ねぇよ」

思わず必死に引き止める。

「バタバタしたくないな。別に俺が本家にいる用事もないし、やっぱり一週間程度は空けてた方が楽だろう。おまえも集中して自分の仕事ができそうだしな？」

いかにも何気ない口調で、にやりと意味ありげに柾鷹を眺めてくる。意地悪な目だ。ゾクゾクする。

「俺もむっちゃ気疲れすんだろーし。癒やしが必要になんだろー」

唇を尖らせ、駄々をこねるように言って、柾鷹は遙の膝に懐く。

「だから、いそがしいのは狩屋だろ」

「俺だってイロイロあんのっ。手打ち式までの間にバカな真似をしないようににらみを利《き》かせとくとか、双方の接待とかだなー」

「小野瀬さん相手に？」

「そー。あの食えない男を相手にな…」

ふてくされたように、むっつりとうなってしまう。

何気に小野瀬が遙のことを気に入っていたらしいあたりが、さらに腹の奥をむずむずさせる。気に食わない。

「難しくなりそうなのか？」

やはり小野瀬相手ということでか、少しばかり心配そうに遙が確認してきた。

「ま、今回は代行の調停も入ってるから、土壇場でちゃぶ台ひっくり返すようなことはねぇだろうけどな」

「気が抜けないわけだな」

「そういうことだ」

重々しくうなずいてから、柾鷹はちろっとカワイイ恋人を横目にし、隙を突くようにガバッと腰に腕をまわして抱きついた。

「なぐさめてくれよー」

ほのかな石けんの匂いにワクワクする。なんなら、下の方もドクドク高まってくる。

「まだ準備も始まってないだろ」

あきれたように言った遙が、柾鷹の髪を邪険につかんで引き剝《は》がそうとする。

「だから始まる前の景気づけっつーかな」

言いながら片方の手がパジャマの裾をたくし上げて、じっくりと味わうようになめらかな脇腹のあたりを撫でまわす。イイ感触だ。

「……景気づけだと？」

遙が尖った声をもらした。白い目で見下ろしてくる。

どうやら言葉の選択を誤《あやま》ったらしい。

こほん、と柾鷹は咳払いを一つした。

「あー…、つまり前祝い？」

遙の冷たい眼差《まなざ》しが、さらに一段と温度を下げた。

「だからーっ！　俺としてはっ。いつでも欲しいんだろっ」

こんな寸止めみたいな状況で、なかばヤケになって柾鷹はわめいた。

怒られるかと思ったが、意外にも遙がぷっと噴き出した。

「素直だな」

「知ってんだろ？」

なぜか自慢げに返しながら、柾鷹は素早く遙のパジャマの下に手を差しこむ。

「バカ…、こんなところでサカるな…って…、――――ん…っ、ひぁ…っ！」

下着の上から中心を軽く握るようにあやしてやると、遙の声が高く上がった。腕の中でしなやかに身体がよじれる。

その隙を逃さず、柾鷹は遙の身体をソファに押し倒した。

「今週はまだ一回しかしてねーしぃ？」

上から遙の顔を見下ろし、柾鷹はわくわくと言った。

週に二回、というのが、一応の取り決めだ。もちろん、その通りにならないこともあるが。

「俺の計算では、もう二回やってるけどな？」

遙が冷ややかに指摘する。

「……ん？　そうだったか？　日曜をどっちに入れるかの問題じゃねーかな？」

顎を撫で、とぼけたように柾鷹は返した。

もちろんその時々で、日曜日が今週に入るか先週に入るか変わってくる。柾鷹的な計算では。

「そんなどんぶり勘定でよく組長をやってられるな」

ため息まじりの皮肉を柾鷹は耳から抜かす。

「いーんだよ。俺が計算してんのは、相手の腹の中くらいだからな」

深く考えず、スカして言った言葉に、遙が小さく笑った。

「そうだな。おまえは人の顔色を読むのがうまいからな」

柾鷹はちょっと瞬きした。

どうやらそういう評価らしい。まあ、良くも悪くも、だろうが。

にやりと笑って、遙の目をのぞきこむ。

「だから、おまえが今何を考えてるのかもわかるぞー？」

言いながら、柾鷹はさらにパジャマをめくり上げて、遙の胸をあらわにする。

「ココをたっぷり可愛がって欲しいなーっ、て。……ほら、もうツンツンしてるし？」

ぷっつりと尖っている乳首を指先で摘《つま》み上げ、軽くひねってやる。

「おい…っ、調子に……——つっ…ぁ…っ！」

わずかに胸を反らしたところを逃さず、柾鷹は顔を近づけ、舌先でねっとりと小さな突起をなめ上げた。たっぷりと唾液を絡めて唇でついばみ、軽く歯を立てて甘噛みする。

「よせ…っ、……あっ…ん……っ」

遙の声が次第に甘くかすれてきた。

よしよし、と内心でほくそ笑みながら、柾鷹はパジャマのボタンをいくつか外し、下着と一緒にズボンも一気に引き下ろす。

あらがうように、あるいは隠すように膝が上がったが、片手で強引に広げさせ、身体をその中にねじこんだ。

「バカ…、こんなところで……っ」

あせったように遙が声を上げたが、かまわず柾鷹は覆い被《かぶ》さり、首筋に顔を押し当てた。頬ずりするようにしながら唇を這わせ、舌で肌の感触を味わっていく。

片手で起伏のある脇腹を撫で、胸まで撫で上げて、指先で濡れた乳首をいじりまわす。

「ふ……、あ…っ、あぁ……っ」

ビクビク、と遙の身体が震え、わずかにのけぞる。

それに合わせるように柾鷹は遙の身体に手のひらをすべらせ、足の付け根から内腿へ潜《もぐ》りこませた。

足を閉じられないのをいいことに、たっぷりと内腿から中心のきわどいあたりまで撫でまわし、遙の息が荒くなるのを楽しむ。体温がじわじわと上がってくるのを感じる。

中心が硬く、次第に頭をもたげ始めたのがわかり、柾鷹は根元の双球を手の中に収めて軽くもしだいてやった。さらに軽く握って根元からこすり上げると、こらえきれないように先端から雫《しずく》がこぼれてくる。

にんまりして、柾鷹は手を動かしながら、遙の耳元に舌を這わせる。

「おまえも素直だよ」

こそっとささやくように言葉を落とすと、拳骨《げんこつ》で頭を殴られた。

「いて…っ」

思わず声がもれたが、遙がその背中に爪を立てるようにして引き寄せる。

潤んだ目で見上げられ、吸い寄せられるように唇を奪った。

「ん…っ、……ふ……ぁ」

舌を搦《から》めとり、たっぷりと味わってからようやく離すと、遙が荒く息を継いだ。

そして下でイタズラをしていた指を、さらに奥へと潜りこませる。せまい隙間をこするようにしてたどり、一番奥の窄《すぼ》まりへとたどり着く。

あっ、と小さな声を上げて、ぴくん、と遙が腰を震わせた。

遙のこぼした蜜で濡れた指を窄まりに押し当て、ゆっくりと押し広げていく。

抵抗は大きかったが、次第にとろり…、と溶けてきて、遙の肌がしっとりと汗ばんできたのがわかる。

何かをこらえるように、遙の手がぎゅっと柾鷹の肩につかみかかる。

そのかすかな痛みを楽しみながら、柾鷹は指をゆっくりと熱い中へ沈めていった。

軽く抜き差しすると、キツく、押し潰すように熱い粘膜が指に絡みついてくる。指を曲げて中を掻きまわしてやると、さらに荒い息づかいが耳元で弾ける。

「あぁ…っ、あっ…、あぁ……っ」

柾鷹の手に、無意識にだろう、ねだるみたいに腰を押しつけてくる。

すでに硬く張り詰めた遙のモノが柾鷹の腕に当たり、先端から溢《あふ》れ出す蜜がとろとろと濡らしている。

「うん。やっぱ、かわいーな…」

思わず、つぶやくような声がこぼれ落ちた。

わずかにのけぞらせた喉のラインも、小さく開いてあえぎ声をもらす唇も。恥ずかしそうな表情も。

しかしそんな声が耳に届いたのか、遙が涙目でにらみつけてきて、そして両腕で自分の顔を隠してしまう。

「なんだよー。顔、見せてくれねぇのか？　意地悪だな…」

ねちねちと文句をつけつつ、柾鷹は遙の中に含ませた指を一気に引き抜いた。

「あぁ…っ、まだ……っ」

とっさに飛び出した切なげな声にワクワクしながら、再び、今度は二本に増やして熱くとろけた中へ押し入れる。

指先で、何か楽器を弾《ひ》くように中をこすり上げ、一番感じるポイントをかすめるようにして刺激してやると、遙がたまらずビクン、ビクン、と腰を跳ね上げる。

「あぁっ、そこ……っ、――ふ…、あぁぁ……っ！」

感じきって、とくっ…、と先端から蜜が溢れ出す。まるで誘うみたいに小刻みに震えて、そこも可愛がって欲しそうだ。

柾鷹はおもむろに身体を起こし、片手と膝を使って遙の足を大きく広げ直した。

「よせ……っ！」

真っ赤になって遙は抵抗したが、中に入れた指を軽く動かすと、とたんに甘いあえぎ声が唇からこぼれ落ちる。

遙のモノはすでに硬く天を指し、先端からは止めどなく蜜が滴《したた》って茎を濡らしている。

しゃぶってやったらそれだけでイッてしまいそうで、柾鷹としてはもう少し焦《じ》れた可愛い恋人の顔が見ていたい。

ぺろりと先端を軽くなめ上げ、軽く吸い上げてやると、悲鳴のような声を上げて、遙が身体をのけぞらせる。

「おっと…」

後ろに入れた指が抜けそうで、あわてて根元まで入れ直す。

「ベッド、行くか？　……ん？」

そしていかにも優しげに尋《たず》ねた。

このままイイところをキツくこすり上げてやったら、それだけで昇天できるだろうが、柾鷹はギリギリの寸止めのまま、二本の指で優しく中をなぶり続ける。

「それとも、一回、ここで出しとくか？　――いて…っ」

にやっと笑って続けると、いきなり頭を殴られた。

「いいかげんに……しろっ」

悔しそうな涙目が柾鷹をにらみつけてくる。本当に体中がぞくぞくする。

とても我慢できそうにない。あとで怒られるなー、とはわかっていたが。

一気に指を引き抜き、柾鷹はすでにガチガチに硬く猛っている自身を熱くとろけきった場所に押し当てた。

柔らかな襞《ひだ》が収縮して、いっせいに先っぽに絡みついてくる。その感触も気持ちがいい。

「たまらねぇな……」

知らずかすれた声がこぼれ、しばらく焦らすみたいに濡れた先端で襞を掻きまわす。くちゅっ…、といやらしく湿った音が耳に届く。

わずかに先を押し入れると、淫らな襞が性急にくわえこもうとする。

「はや…く……っ」

とうとう遙が切羽詰《せっぱつ》まった声を上げ、指先が柾鷹の腕をつかむ。

たまらず、柾鷹は強引に中を貫いた。

根元まで押しこみ、何度も揺すり上げ、粘膜を激しくこすり上げて、一番奥までさらに続けざまに突き上げる。

「――あぁ…っ！　あぁっ、あぁぁ……いい……っ」

さらに強くなる遙の指の力と、締めつけられる感触に脳が痺れるようだ。

「遙……」

無意識に伸びた手が汗ばんだ遙の頬を撫でる。ふっと一瞬開いた目が、柾鷹を見つめてくる。

遙の膝を抱え上げ、さらに体重をかけて中へねじこむと、柾鷹は一気に中へ放った。

ほとんど同時に達した遙の身体が、糸が切れたように弛緩《しかん》した。

しばらくは気だるい、荒い息づかいだけが空気を揺らし、柾鷹はようやく自身を引き抜いた。

まだイケそうだな、と思いながら。

「ソファで……、するなと言っただろ……。腰が痛い」

のろのろと腕を動かした遙がむっつりとうなった。

「あー、じゃ、もっとでかいのを買えばいい。フラットなやつ？　――いいなっ」

落ちる心配がなく、身体も楽そうだ、と自分のアイディアに自分で感心したが、ぴしゃりと一言、返ってくる。

「そもそものための場所じゃない」

……まあ、確かに本末転倒ではあるが、解決法としては悪くないんじゃないか？　と思ってしまう。

「……今度の、危ない仕事じゃないんだろ？」

ぐったりとソファに横になったまま、かすれた声で遙がふいに聞いてきた。

アノ最中でも心配していたのだろうか。

うれしいし、可愛いが、柾鷹としては状況に集中して欲しい気もする。

「うちの仕事で危なくねー話ってのもねぇんだろうけどな…」

ソファの上で片膝を立て、うなじのあたりを掻きながら、柾鷹は返した。

「ま、今回の件は三方が絡んだ話だ。どこもきっちり引き締めてんだろ。そうそう跳ねるようなヤツは出てこねぇよ」

正直、めんどくさい役目ではあるが、それほど状況的に厳しいわけではない。利害もはっきりしている。それぞれに普通の理性さえあれば、もめ事もなくすんなりと終わるはずだ。

「だといいけどな…」

そっと遙が息をつく。

「ま、何かあっても対処するだけさ。俺は悪運も強いしな」

あえて軽く言うと、屈《かが》んで指先で遙の前髪を掻き上げ、わずかに汗ばんだ額にキスを落とした。

ぺしっ、とその頬がたたかれる。

「おまえはいいかげん、この家でのルールも覚えろ」

じろっと、にらむように言われ、はーい、とあさっての方を向いて柾鷹は応《こた》える。

そう、本来、遙には何の関わりもないのだ。ヤクザの義理事も、もめ事にしても。

だからもし遙が巻きこまれたとしたら、すべて自分の責任でしかない。

自分が引退しない限り、遙を巻きこむ可能性は避けられないかもしれないが、……すべてわかっていて、遙はともに生きることを選んでくれた。

だから、自分にできるのは守ることだけだった。

自分の命を賭けて、すべてを賭けて、必ず守る。

それだけしかできないのだ——。

3.

「死んでるんですか……?」

かすれた声で橘が聞いてくる。

聞かれても正直、答えようがないが、とりあえず遙はそっと屈みこんで男の顔を確認した。

脈をとるまでもなく目は見開かれたままで、顔は青白く固まっている。明らかに死んでいるようだ。

「みたいだね」

小さく唾を飲みこんで、遙は低く答えた。

「死んでからずいぶん時間がたってるみたいだけど」

くわしいわけではないが、硬直もかなり進んでいるようだ。死にたてほやほや、というわけではない。

「すごい、冷静ですね……」

背中で橘がため息をつくようにつぶやく。

「まさか。こんな死体を見たのは初めてだよ」

自分で言って、妙におかしくなった。

考えてみれば、こんな——ヤクザの愛人をやっている環境でもだ。

銃で撃たれたり、半殺しどころではなく殴られたりした人間は、何度も見たことがある。正直、感覚が麻痺するくらいに。

そしておそらく、もうこの世にはいないんだろうな、と想像できる人間も何人か知っている。

それでも、殺されたらしい死体を見たのは初めてだ。

まいったな…、とさすがに天を仰ぎたくなった。

当然、善良な一市民としては警察に通報すべき状況だ。遙は初めてここに来て、たまたま死体の発見者になったに過ぎない。

橘とは行きつけのジムで知り合ったのだが、今日はうっかり遙がジムに置き忘れてしまった携帯を、間違って橘が持って帰ってしまったらしく、それを受け取りに出向いただけだった。

携帯がバッグにないことに気づいた遙があわててジムにもどったら、ちょうど橘からジムの受付に連絡が入ったところで、おたがいに今いる場所と時間を考えて、橘のバイト先で落ち合うことにした。ロックもかかっているし、たやすく悪用されるとは思わなかったが、さすがに携帯がないと日々の生活にも不便をする。

もちろん死んでいる男とは面識もないが、遙の生活環境——立場を考えた時、事情を話しただけですんなりと警察が解放してくれるかどうかは怪しかった。

千住の——柾鷹の関与を疑われかねない。というより、疑われないはずはない。

痛くもない腹を探られることになる。

自分のせいで、それは避けたかったが……。

「橘くん、この人、知り合い？　お客さんとか、お店の人とか」

いったん立ち上がった遙は、振り返って尋ねた。

遺体の男は三十代なかばくらい。遙と同年代だろうか。ノーネクタイでラフな格好だったが、スーツも靴も、見たところかなり高級そうだ。どこかの会社社長の遊び着、といった風情だ。

「い、いえ…、知らない顔ですね」

橘がおそるおそる遙の肩口から男の顔をのぞきこんで答える。

「っていうか、俺、実はここで働き始めてまだひと月くらいなんですよ。お客さんだとしてもわかんないかも」

首の後ろを掻きながら、橘が渋い顔でうなった。

「そうか……」

それは災難だな、と思いながらつぶやいた遙に、おずおずと尋ねてくる。

「警察、知らせた方がいいんですよね？」

「まあ、そうだね」

ため息とともに、遙はうなずいた。

ダメだ、とはさすがに言えない。やはり覚悟するしかない。

「ええと…、いったん、店長に知らせてからでいいですか？」

「ああ…、うん」

まずは警察、というのが本当だろうが、橘の立場もあるのだろう。

「……あ、もしもし。すみません、橘です。今、店に来たとこなんですけど、あの、実は……」

橘が後ろで電話で説明を始めた声を聞きながら、遙はとりあえず自分が落とした持ち物を手早く拾い集めた。

いや、もしかするとそのままにしておくべきかもしれないが、さすがに死体のそばに置いておきたくはない。血がついているわけでもないし、問題はなさそうだ、と思うことにする。

……そう、特に死体のまわりに血だまりなどはなかったし、傷は頭だけのようで、それもすでに血は固まっている。

――もしかして、ここで殺されたわけではなく、死体は運ばれてきたのか？

ふと、そんな推測が頭に浮かんだ。

そんなことをする意味はわからないが。

普通は店の中で殺されて、外の路地とか河川敷とか山の中とかに捨てに行くものではないかと思う。

「えっ？　男の名前ですか？　いや、それはちょっと……。――あっ、ハイ！　わ、わかりました。ちょっと待ってください」

店長にどやされたのだろうか。振り返った橘がすがるように聞いてきた。

「あの…、そいつ、名刺か何か持ってませんか？」

「どうかな」

遙はわずかに顔をしかめた。さすがに死体の持ち物を探るのはいい気がしない。

と思ったが、橘が後ろからのぞきこんで、男の尻のあたりを指さした。

「それ、免許証とかじゃないです？」

「ああ…」

なるほど、確かに運転免許証らしいものが、男の尻のあたりに落ちていた。

触るとマズそうなので、しゃがみこんで顔を近づけてみる。

「えーと…、戸川《とがわ》、貴弘《たかひろ》……って人みたいだね」

顔写真も、どうやら死体と一致する。正直、死に顔とはかなり違っても見えるが、髪の感じやホクロの位置は同じだ。

「あ、戸川貴弘って男みたいで……えっ？」

橘が電話の向こうに名前を告げたとたん、驚いたような大きな声が弾けて、思わず遙は橘の背中を眺めてしまった。

「ホントですか？　じゃあ、俺、どうしたら……？　警察、呼んでいいですか？」

そんな声に、やはりこの店の客だったのだろうか、と遙は無意識に息を詰めて、電話の声に耳を澄ませてしまう。

と、橘が困った顔で振り返った。

「あの、はい……、はい、その……ええ、俺一人です……。今日の準備に入ったとこで」

橘の、電話に返したそんな言葉に、遙はわずかに眉を寄せた。

おそらく「今、一人か？」聞かれたのだろうと想像はできるのだが。

わかりました、と重い声で通話を終えた橘が、顔を上げてぺこりとあやまった。

「すみません。ここ、会員制の店で、ホントは他の人間を入れちゃいけないんですよ……」

ああ…、と遙もうなずく。

正直、いないことにしてくれるのであれば、その方がありがたいくらいだ。実際のところ、発見者は自分といっても、橘といっても変わらない。

「この人、やっぱりお客さんだったの？」

何気なく尋ねた遙に、橘が首を振って、言いづらそうに言葉を押し出す。

「客じゃなかったみたいなんですけど、なんか…、オーナーとちょっともめてた人みたいで」

「え、じゃあ」

思わず言いかけて、あわてて口をつぐむ。

いや、一足飛びにそのオーナーを犯人だと決めつけるのは問題だろう。

「オーナーって、電話の人？」

「いえ、電話したのは店長で、オーナーは別なんですよ。……多分、オーナーだと思うけど。店長のボスになるのかな？　小野瀬さんっていうんですけど。俺も見かけたことがあるくらいで、しゃべったことはなくて」

「え？」

さらりと橘の口から出た覚えのある名前に、遙は一瞬、息を吸いこんだ。

……いや、もちろん、単に同姓というだけかもしれない。

それでも心臓がドクッと大きな音を立てる。

「店長がオーナーと連絡とるから、それまで動くなって。もしかしたらオーナーって、ちょっとヤバイ筋の人かもなんですよね…。すごい迫力あるし」

顔をしかめて続けた橘の言葉に、遙は思わず目を閉じた。

——これは、マズい。

首筋がスッ…、と冷たくなったのがわかった。

「俺、ここの奥に併設されてるポーカーハウスでディーラーやっているんですけど。誘われたんですよね。バイト代弾むから、特別なゲームを仕切ってみないかって」

「……違法賭博？」

どうしてもそういう発想をしてしまう。

小さく聞き返した遙に、橘があわてて両手を振った。

「俺はぜんぜん、関わってないですよっ？ そういうの。でも何か、曜日によってはもしかしたら……。ＶＩＰだけ、集まってる日があるみたいだし。……って、これってヤバイですよね？けど俺、今、仕事、なくすのは困るんだよなぁ…」

ガシガシと頭を掻いて、橘がうなる。

「とりあえず、今から店長が来るみたいなんで……、通報するの、それからになりそうです。なんで、すみません…、朝木さんはいなかったことにしてもらえませんか？ 朝木さんの名前は出しませんからっ」

拝むように言われて、遙は大きく息をついた。

「俺は…、かまわないけど」

名前が出ないのなら、むしろ、本当にありがたいくらいだ。というより、これはもう、ヘタに関わるわけにはいかない。

「あっ、そうだ。朝木さんの携帯。……これですよね？」

本来の目的をようやく思い出したらしく、橘があわててカウンターの後ろに置いていたらしい自分のカバンから遙の携帯を取り出して差し出してくる。

「ああ、ありがとう」

ホッとして、遙は受けとった。顔認証で反応し、確かに自分のものだとわかる。

そして、思いついて言った。

「何か問題があったら、連絡してもらえる？」

もしこのまま橘が通報せず、死体自体がなかったことになると、それはそれで後味が悪いし、気にもなる。

もちろん遙にしても、すでにきれいごとだけで生きているとは言えないし、もしこの死んだ男がどこかの組関係の人間なら、いつの間にか消えている、ということもあるのかもしれない。が、一般人なら探している誰かがいるはずだ。

「あ、お願いします」

橘もガクガクとうなずき、番号を交換しようとした時、バックヤードの方からインターフォンの音と、スピーカー越しだろうか、誰かの声が聞こえてきた。

まいどー！　という、目の前の状況からはかけ離れたのんびりとした調子だ。

おしぼりとか、飲み物とかを配達に来た業者だろうか。

「あっ、クソッ。……すみません、ちょっと待っててください」

橘があわててバックヤードに走っていく。

死体と二人で残されて、遙は小さく息を吐いた。

本格的に、頭の芯がジン…と鈍く痺れてくる。無意識に額に手をやった。

小野瀬――本当に、あの小野瀬だろうか？　一永会の？

そうだ。確かにもめていた、とは聞いた。だから、柾鷹が手打ちの準備をしているのだ。

もしかして、この死体がその相手だろうか？

だとしたら、手打ちを前に相当にマズい状況だが、確か相手は「美原連合の宮口」とか、柾鷹が言っていたと思う。

やはり別人だろうか、とも思うが、……正直、嫌な予感しかしなかった。その宮口というのが組長なら、直接もめたのはその子分かもしれない。

――手打ちをすることにしたものの、やはり収まらずに殺した？

あり得ないことではないが、あの冷静な小野瀬が自分の店でわざわざ？　とも思う。死体が出ないように始末することは簡単だろうし、少なくとも、そのまま死体を転がしておくようなことはなさそうだが。

そしてそれを自分が発見したのは、偶然……、なのか？　本当に？

ふと浮かんだそんな考えに、ぞくりと背筋が震えた。

偶然でなければ——どうなる？

自分をここに来るように誘導したのは、橘だ。確かに橘なら、何かの隙にジムの更衣室ででも、遙の携帯を手に入れることができたかもしれない。

バッグに携帯がないことに気づいた時は、うっかり更衣室から持って出て、ジムのどこかに置き忘れたのかと思っていた。見かけはどれも同じような、ありふれた黒の携帯だ。橘も自分のだと勘違いして持ち帰ったのだろう、と。

だが、だとしたら——何のために？

橘が何かの事情でこの男を殺してしまい、誰かに罪を着せようと自分を巻きこんだとか？

にしては、ずいぶんと手が込んでいる。ジムで何度か顔を合わせただけの遙よりも、もっと他に適当な人間はいそうなものだ。

やはり小野瀬が関わっているのか。橘に遙を引っかけさせて、ここに呼び寄せたのか。

それでもやはり、目的がわからない。

もしそうなら、橘がわざわざ小野瀬の名前を遙の前で出す意味もわからない。

遙は気持ちを奮い立たせて、もう一度、死体の顔を見る。が、やはり覚えはなかった。個人的な関わりはないはずだ。

と、橘がもどってくる気配に振り返る。

「大丈夫？」

先に声をかけると、橘が不安げな顔でうなずいた。

「はい。あの…、店長から連絡があって、もうすぐ着くって。やっぱり朝木さんはいない方がいいかもですね」

「そうだな」

遙は低く答えた。

とりあえず、小野瀬が関わっているにしても、今すぐ遙を捕まえてどうこうするつもりはなさそうだ。

「ええと…、俺の番号です」

おたがいに連絡先を交換し、遙はトートバッグを抱え直した。

「本当に大丈夫？」

もう一度確認した遙に、橘が強ばった笑みを浮かべた。そしてぺこりと頭を下げる。

「ほんと…、すみません。俺がここに呼んじゃったから。車の教習所の予約がなかったら、ジムに返しに行けたんですけど」

「仕方ないよ」

「また連絡します」

疑いたくはなかった。まだジムで数回会ったくらいだったが、明るくて、前向きで、「俺、ひよろいんで、体力つけたいんですよねー」と笑っていた。悪い人間には思えなかった。
何もなければ、それでいい。単に自分の思い過ごしであれば。
「気をつけて」
それだけ言って、遙は階段を上がって地上へ出た。
西日はまぶしかったが、背中には冷たい汗が流れていた。
これからの自分の行動を、考えなければならなかった——。

4.

千住組本家――。

その二階にある二十畳ほどの洋室には、中央に大きなテーブルと、それを取り囲むようにごつい黒革の椅子が十脚ほど並んでいる。千住組の幹部会などで使うことも多い一室だ。

そろそろ昼食時になろうかという十一時半くらい、そこで三人の男たちが顔を合わせていた。組長である千住柾鷹と若頭の狩屋、そして舎弟頭の前嶋《まえじま》だ。

手打ち式までの間、この部屋が準備室というか、中央司令室というか、つまり拠点となっており、大きなテーブルにはノートパソコンが二台とタブレット、さらにファイリングされた書類や実際に使う備品のサンプルが乱雑に積み上げられていた。

やるべきことは多く、切迫した打ち合わせではあるが、仕事をしているのはそのうちの二人だけだ。

「……では手打ち式の会場は、こちらの本家で決まりということですね？」

前嶋が真剣な顔で、狩屋に確認している。

「そうだ。結局、それが最善だろう。外で会場を借りるのも不可能じゃないが、周辺の警備も、警察の扱いも面倒になるからな」

それに狩屋がうなずいて、さらに手元のメモをペンで指しながら続ける。

「日程はこの日を第一候補で、小野瀬と宮口の双方、それと媒酌人、見届け人にも打診してみるつもりだ。問題ないか？」

「あ、はい。大丈夫です。それまでに式の備品は間違いなく、俺が責任をもって準備させていただきます。酒と盃、三方と塩と」

千住の内々のことをすべて仕切っている前嶋だ。背筋を伸ばして、しっかりと言った。

ヤクザの義理事には作法が多く、設営はもちろん、準備しておくものも多い。

「……あ、手打ちだと確か、鯉《こい》が必要ですよね？　二匹」

「立派なのがいるな。当日前日だといいのが手に入らない可能性が高い。すぐにでも手配して冷凍しておいた方がいいだろうな」

お料理教室の話題のようだが、前嶋は、わかりました、とまじめな顔でうなずく。

そういえば、「鯉の腹合わせの儀」とかいうくだりがあるんだったか…、と柾鷹もぼんやりと思い出した。背中合わせにして皿にのせた鯉を、仲裁人があらためて腹合わせに向かい合わせる、とかいうパフォーマンスで、手が生臭くなりそうだなー、とちょっとげんなりしてしまう。

「マサさんに頼む席札の墨書きは、もう始めてもらってくれ。出席の決まった人間から順に進めていけばいい。ああ、あと和解状もいるな」

狩屋が手元のタブレットで何か確認しながら指示する。

「和解状は…、オヤジさんが下書きされますか？」

メモのチェックリストに付け足しながら、前嶋がちらっと柾鷹に視線をよこす。

肘掛けに頬杖をついて、いそがしそうな二人をぼんやりと眺めていた柾鷹は、んぁ？　と間の抜けた声をもらしてしまった。

――和解状？

柾鷹がその単語を頭の中で反芻《はんすう》している間に、さっさと狩屋が答えた。

「いや、定型文があるから、少しアレンジする形で俺が書いて、マサさんに清書してもらう」

わかりました、と前嶋がうなずいて、メモのリストにさらにつけ足す。

――つーか、この現場に俺、いるか……？

狩屋の指示に文句はないのだが、柾鷹は内心で、思わずむっつりと考えてしまった。

――いや。いらねーな。

答えははじめからわかっている。

が、なにしろ柾鷹が「仲裁人」という大役での「手打ち式」の打ち合わせなのだ。とにかく聞いておいてください、と言われて同席しているわけだが、正直、ヒマだった。

まあ、狩屋と前嶋は本番までの間、ストレスと重責と膨大な作業を抱えこむことになるので気の毒ではあるが、自分が口を出しても邪魔になるだけだろう。

――うん。おとなしく、泰然《たいぜん》と構えていることが組長としての俺の役目というわけだな。

自分で納得しつつ、おもむろに手を伸ばして、柾鷹は自家製の（料理番の、だ）コーヒーゼリーを口に放りこんだ。苦さがほどよく、するっと喉を通っていく。

「柾鷹さんは仲裁人の立ち位置と、式の流れの確認をお願いします」

狩屋の言葉に、おう、と自信ありげになずいたものの、現段階で把握しているものは何もない。

まあ、必要になった時に狩屋が教えてくれるのはわかっている。それが組長と若頭の、あうんの呼吸というものだ。

「今回の形式は『両手打ち』になりますか？　確認しておく」

「いや、縄張り争いじゃないからな。確認しておく」

前嶋の問いに、わずかに眉を寄せて狩屋がパソコンに打ちこむ。

その様子を眺めながら、ふと思い出して柾鷹は口を開いた。

「なー…、ゆうべ、遙が帰ってこなかったんだよなー」

別に家出とかを心配しているわけではなく、ちょっとした愚痴《ぐち》のようなものだ。

「そうですか」

それもわかってるのだろう。パソコンの画面から目を離さないまま、狩屋が淡々と答える。

相手にする余裕はないらしい。

「マンションの方じゃないんですか？　本家はしばらく騒がしくなりますからね。集中して仕事をされたいんでしょう」

前嶋がフォローするように口を挟んだ。

そんなところだろうな、と柾鷹も思ってはいたが、やはりちょっぴり駄々をこねたくなる。

「くそーっ。マジで手打ちが終わるまで、こっちに帰ってこねぇつもりじゃねーだろーな…」

思わずそんな文句が口をついて出た。

手打ち式はまだ半月ほども先なのだ。これを機会に、まさか本気で長期旅行とか考えてるんじゃ…？　と疑心暗鬼になってしまう。

……いやいやいや。半月もあのカラダに触れないなんて、考えただけでも無理すぎる。あの冷たい目でにらまれないのも、かなり淋しい。

「しばらくは柾鷹さんがマンションに通われてもいいんじゃないですか？　新鮮な気持ちになるかもしれませんよ」

相変わらず視線はモニターに向かったままだったが、さらりと言った狩屋の言葉に柾鷹はハッとした。

「なるほど……！」

何気ない提案だが、思わず柾鷹は膝をたたいた。まさに目から鱗《うろこ》だ。

本家の離れに越してくる前、遙は別のマンションに暮らしていて、柾鷹が時々、訪れる形だった。今もマンションの部屋は仕事場として残している。……たまに家出用になっているようだが、それは本来の使い方ではない。

「つまりアレだなっ。ワクワクの新婚気分にもどってみるという…！」

やはり自分や遙とも中学時代からの長い付き合いだけあって、狩屋はいいことを言う。

気持ち的にも体位的にも、いささか慣れすぎていた今日この頃だが、場所が変わると確かに新鮮な気持ちで、新しい発見があるかもしれない。

——よしっ。じゃあ今日はワインの一本も手土産に、マンションの方へ行ってみるかなー。

ウキウキと柾鷹が頭の中で考えていた、——その時だった。

ふっと…、何だろう？　妙な気配が首筋を撫でたような気がした。

遠くの、ほんのかすかな声、だろうか。うっすらと漂ってくる緊張感。

狩屋や前嶋も感じたらしく、わずかに顔を上げて目配せをかわす。

と、ほとんど同時だった。

バタバタバタッ…、とものすごい勢いで階段を上がってくる足音が響き、「失礼さっす！」とあせった声とともにドアが開いた。部屋住みの若いのが引きつった顔でガバッと頭を下げる。

「どうした？」

しばらくあわあわと口で息をしていた男が、狩屋の冷静な問いでようやく肩で大きく深呼吸して言った。

「美原連合の宮口って組長がいきなり来て、オヤジさんに会わせろと。それが……、かなりケンカ腰で」

そんな報告と同時に、一階が次第に騒がしくなっていった。どやどやと廊下を走る足音が響き、部屋住みの連中が集まっているのだろう。ほとんどカチコミのような騒ぎだ。

庭先からも、「なんだ、てめぇ！　いきなりっ」「ふざけんな！」とすでに小競り合いのような怒声も聞こえてくる。

「宮口？　約束があったか？」

今まさに、その手打ちの準備をしているところではあるが。

「いえ……」

眉を寄せて狩屋の方を見た柾鷹に、狩屋もいくぶん困惑した表情で首を振る。それでもピシリと指示を出した。

「とりあえず、下の応接室へ通しておけ。柾鷹さんはお着替えをされてください。私が先に挨拶に行きますので」

「なんなんだよ、いったい…」

うなずきつつも、柾鷹は気だるく立ち上がった。

狩屋と前嶋はきっちりとしたスーツ姿だったが、柾鷹は家の中ではたいてい甚平なのだ。傘下の組長相手ならともかく、仮にも客の前に出る格好ではない。

めんどうだな、と思いつつも、手早く着替えて一階に降りると、玄関のあたりや廊下にも、ジャージ姿の若いのが険しい顔でずらっと並んで立っている。

臨戦態勢、というところだろうか。柾鷹の顔を見て、いっせいにバッと頭を下げる。

「どんな様子だ？」

「宮口組長と、あと弁護士が同行しているようですね。外の車には他に数人いますが」

階段の下で柾鷹を待っていた前嶋に小声で尋ねると、過不足なく答えが返った。

「弁護士？」

首をひねって、柾鷹は顎を撫でた。

「宮口は相当な剣幕です。ぶち切れてますよ」

「まさかまた小野瀬ともめたんじゃねぇだろうな…」

知らず渋い顔でうなってしまう。

手打ちが決まってからまた手を出すなどということは、普通はない。仲裁した神代会の会長代行の顔に泥を塗る行為だ。まあ、統制のとれていない下っ端同士でちょっとした小競り合いはあったにしても。

とにかく話を聞くしかなかった。

柾鷹が顎を振ると、前嶋がうなずいて応接室のドアを開け、先に柾鷹を通すとあとから入ってドアの脇に立つ。

とたんに鋭い視線とピリついた空気が迫ってきたが、あえてのんびりと柾鷹は中へ進んでいった。

「組長」

ソファにすわっていた狩屋がいったん席を立つ。

席にもつかず、奥の窓際で宮口がいかにもイライラした様子で歩きまわっていたが、ドアの音が聞こえた瞬間、弾かれたように振り返ってこちらをにらみつけてくる。

五十代なかばの、丸顔で恰幅《かっぷく》のいい男だ。頭は半分以上はげ上がっており、ゴルフ焼けか、わずかに肌は浅黒い。

「これは宮口の組長。わざわざのお越しとは、何か急用でもありましたか？」

「急用どころじゃねぇ！」

ことさらにこやかに愛想よく尋ねた柾鷹に、噛みつくように宮口が返してきた。

確かに機嫌は悪そうだ。

「いったい何があったんです？」

やれやれ…、という代わりに軽く肩をすくめ、柾鷹はソファの一つにどさりと腰を下ろした。

「何がだとっ？」

「宮口さん、少し落ち着きましょう」

さらに吠えた宮口をいさめるように穏やかな声を出したのは、狩屋の前にすわっている若い男だった。

これが前嶋の言っていた弁護士のようだ。三十二、三といったところで、柾鷹たちと同年代だろう。職業柄か、いかにも清潔でさわやかな好青年、といった印象だが、結局はヤクザのお抱え弁護士だ。それにしては若いが。

「これが落ち着いていられるかッ！　息子が殺されたんだぞ!?」

のしのしと近づいてきた宮口が、バン！　と両手をローテーブルにたたきつけた。

――殺された？　息子が？

さすがに柾鷹も一瞬、息を詰め、無意識のまま隣の狩屋と視線を合わせる。

それは確かにただ事ではない。が、実際のところ、この業界ではいつ誰が殺されたとしても不思議ではない。だからといって、千住に乗りこんでくる意味がわからない。

「私がお話ししますよ。千住さんはまだ状況をご存知ないでしょうから」

若い男が口を開き、柾鷹に向き直った。

「弁護士の三枝《さえぐさ》さんです」

すでに紹介を受けていたらしい狩屋が横から静かに言って、スッ…とテーブルに置いていた名刺をすべらせてきた。

三枝優成《ゆうせい》、という名前と弁護士事務所の住所や電話番号が書かれている。

「突然お訪ねして申し訳ありません。なにぶん、こちらも状況が整理しきれておりませんし、とにかく千住の組長のお耳には入れておかないとと思いましてね」

まっすぐに、挑むように柾鷹を見つめ、三枝が言った。

言葉遣いは丁寧で穏やかだが、なかなかの気迫だ。一歩も引く気はないようで、さすがに腹が据わっている。

「弁護士先生が同行してくるとは穏やかじゃねぇな。息子さんが亡くなったとは驚いたが…、何かうちと法的な問題になりそうな話なのかな?」

まさか千住の下っ端がケンカの勢いでうっかり殺した、とかじゃないだろうな、と内心で疑いながらも、柾鷹はあえてゆったりと返す。

「いいえ、弁護士という立場ではなく、私は亡くなった戸川貴弘さんの友人として同行させていただきました。宮口さんも混乱されてますし、外部の人間がいた方が冷静に話ができるかと思いまして。そもそも私は、戸川さんの会社の顧問弁護士ですので」

三枝――という弁護士も静かな口調で答える。

「友人、ねぇ…」

無意識につぶやきながら、戸川貴弘、という名前を頭の中で一周させる。

聞いたことはなかったが、宮口と名字が違うということは跡目ではないようだ。外に産ませた子供だろう。一応カタギという建前で、何か会社経営をしているようだ。

つまり三枝はその会社の顧問弁護士で、ヤクザとは関係ない、という表向きのスタンスらしい。

とはいえ。

「で、それがうちとどんな関係があるんです？」

柾鷹はいかにもだるそうに言った。

息子が死んだのは気の毒だと思うが、跡目ならともかく、外の子供ならそれこそ外部の話だ。

それで手打ち式に影響が出るわけでもない。

「貴弘は小野瀬にやられたんだよっ！　手打ちなんぞやってられるかッ！」

と、我慢しきれないように宮口が拳《こぶし》を握りしめて叫んだ。

「……小野瀬に？」

さすがに柾鷹も一瞬、声を詰まらせた。正直、まさか、と思う。

そこまでバカな男じゃない。

「宮口さん、落ち着いてください」

三枝がいったん男をなだめ、柾鷹たちに向き直って説明した。

「貴弘さんの遺体が見つかったのが、小野瀬のカジノバーなんですよ。表向きは単なるポーカーハウスですし、名義や何かにも名前は一切出ていませんが、実質的なオーナーが小野瀬なのは間違いありません」

「小野瀬の店で…、ですか」

狩屋が低くつぶやく。

柾鷹はそっと息を吸いこみ、いったんソファの背もたれに身体を預けた。

それは……確かに手打ちどころではない。

手打ちが進んでいる現状で、小野瀬自身が指示したとは思えないが、それこそ下っ端が勢いでやった可能性はある。

「もともと今回のいざこざは貴弘さんと小野瀬との間の、ほんのちょっとした行き違いからでしたので。こんな大きな問題になるほどではなかったはずですが…、手打ちになるということで、私も安心してたんですけどね。こんなだまし討ちみたいな目に遭うとは」

傘下の人間の、女の絡んだいざこざから始まったと聞いていたが、どうやらおたがいに当初は相手を知らなかったようだ。小野瀬も、相手が宮口の外の息子とは思わなかっただろうし、その貴弘とかいうのも、ヤクザの中で育っていなかったので小野瀬がどれほどの相手かも知らずに、自分のバックには宮口のオヤジがいると強気に出たのだろうか。あげく、どんどん問題が大きくなったのだろう。

「小野瀬にはきっちり落とし前をつけてもらう！　あいつのタマでなッ！」

三枝の無念そうな言葉に、宮口が再び叫んだ。

が、その勢いに同調したら終わりだ。

柾鷹はゆっくりと腹の前で手を組み、ことさら感情を抑えて言った。

「事情は理解しましたよ。確かにそれが本当なら、手打ちどころじゃない。ま、とにかく経緯の確認は必要でしょう。やったのが小野瀬なら、もちろん千住としても、神代会としても、そのままにはしちゃおけませんからね」

「ええ、当然です」

肩で荒い息をついている宮口の横で、三枝も冷静に返してくる。

「実の息子が殺されたんですからね。このままでは宮口さんも収まらないでしょう。小野瀬とは全面戦争になりかねません。ですが、私も立場上、それを見過ごすのもどうかと思うのです。ととりあえず手打ち式の延期と、それに小野瀬さんの言い分を千住の組長に聞いていただけないかと、今日はおうかがいしたわけですよ」

正直、ありがたくはない。むしろ、そのまま勝手に全面戦争に突入してくれたら、千住にしても神代会にしても、さっさと手を引けばいいだけなのだ。行くところまで行って、どちらかが潰れてから、のんびりと後片付けをする方が面倒がない。……まあ、警察の業界全体への取り締まりが厳しくなることを思えば、それはそれで面倒なのだが。

「私も仮にも弁護士ですので、相手側の主張も一応、聞いておきたい。千住さんが小野瀬と話されるのでしたら、私も同席させていただきたいのですが？」

しかし、三枝のそんな言葉に、柾鷹はわずかに眉を寄せた。

「あんたが小野瀬に会って話を聞くと？」

「私は依頼人にも、係争相手にも、直にお目にかかることにしているんですよ。自分の目で相手を確かめたいと思っていますので。小野瀬さんがどういう弁明をされるかわかりませんが、私自身が確認できれば、宮口さんも納得してくださるでしょう」

「それはさすがに勧められねぇがなァ…」

その度胸は買うが、仮にもカタギの弁護士だ。まともに小野瀬とやり合える気もしない。

柾鷹はいくぶん渋い顔でうなった。

なにより、ヤクザの、何というか、呼吸、みたいなものがある。柾鷹が小野瀬と二人だけで話せば、おたがいにはヤクザの腹が読める。言葉にしなくても感じられるところがあるのだ。おたがいの呼吸をとらえ、わざと相手が言外に察することができるように話をする。

だがそこに部外者が入ると、小野瀬はピシャリとすべての情報を閉ざすだろう。

「小野瀬の方で宮口の身内を歓迎するとも思えねぇしな」

淡々と指摘すると、三枝が初めていらだたしげな表情を見せて、小さく唇を噛んだ。

「では…、千住さんには小野瀬にしっかりと確認いただきたいですね。貴弘さんと小野瀬がどういう関係だったのか、どういう行き違いがあったのかを」

「女がらみのだって聞いてるが、それ以上のことがあったのか？」

「わざわざ手打ち前に殺したとしたら、他に理由がありそうですからね」

きっぱりと言われて、……まあ、確かに一理ある。本当に小野瀬が殺したのだとしたら、だが。

柾鷹は軽く肩をすくめただけで返した。

三枝も言いたいことは言い終えたのか、席を立って肩を震わせている宮口をなだめるようにうながした。

「宮口さんもいったん落ち着いて様子を見ましょう。警察の捜査もありますから」

「警察なんぞに任せておけるか！」

捨てぜりふのように吐き出しながらも、宮口が三枝に背中を押されてよろけるように部屋を出る。可愛がっていた息子なのか、ショックは大きいようだ。

同時に立ち上がった狩屋がその背中に一礼し、前嶋に顎で合図した。見送りをしろ、という指示だ。

前嶋が二人のあとを追って部屋を出ると、狩屋と二人で残される。

「どう思う？」

玄関あたりのざわめきを少し遠くに聞きながら、柾鷹はソファにぐったりもたれたまま尋ねた。

まったくの想定外で、マジで勘弁してくれ、という気分だ。

「この時期に小野瀬がヘタに手を出すとは思えませんね。しかも自分の店で殺して、警察沙汰にするような真似はしないでしょう。仮に下の人間が成り行きでやったにしても、死体は片付ければいいだけですから」

「そうなんだよなァ…」

正直、考えられない。とはいえ。

「見つけたヤツが小野瀬のことを知らずに勝手に通報したのかもしれねぇぞ？　店で小野瀬の名前が表に出てなかったんならな」

「ええ、それはあり得ますが。にしても、小野瀬にしては不手際ですね」

脇に立ったまま、狩屋がめずらしく難しい顔で首をひねる。

小野瀬はかなり頭の切れる男なのだ。冷静で冷酷。

今回の宮口――戸川貴弘？　とかいう男とのいざこざは、当初、カタギのバカだとなめてかかっていたのだろう。軽く脅せば引き下がる、と。宮口の息子だとわかって、うかつに始末できなくなり、結局、手打ちに持っていった。それを今さら殺すとは思えない。

「ま、とにかく手打ちの準備はいったんストップだな。会長代行に知らせとくべきか…？」

「すぐにお耳には入るでしょう」

眉間に皺を寄せて、ちょっと考えこんだ柾鷹だったが、あっさりと狩屋に言われて、だな、とうなずく。

年寄りのくせに、恐ろしく地獄耳なのだ。もちろん、神代会の会長代行なら当然ではある。

「小野瀬がどう答えるかだがなァ…」

「どちらにしても、素直に認めるとは思えませんが」

まったくその通りである。宮口は到底、収まらないだろうし、どこに落としどころを持っていくかが、かなり難しくなる。

「とんだ貧乏くじだったな…」

チッ、と舌打ちし、憮然《ぶぜん》と柾鷹はうなった。

こんなことなら、仲裁人の役目は磯島にでも押しつけて、自分は辞退しておけばよかった、と今さらに恨めしく思う。

面倒だし、時間はとられるし、金はかかるし。……遙もいなくなるし。

まったくイイことがない。

それでもこの時はまだ、それだけのことだと思っていたのだ――。

◇

◇

「組長…！」

と、いきなり応接室のドアが開いて、前嶋が急《せ》くように声を上げた。

「どうした？　宮口のオヤジが暴れてんのか？」

うんざりと尋ねた柾鷹に、前嶋がちらっと玄関先を気にするようにして早口に言う。

「いえ、今、入れ違いに磯島の組長がおいでになりまして」

「あ？　磯島？」

嫌な千客万来だ。

何の用だ？　と、思わず狩屋の顔を見上げてしまうが、さすがに狩屋も見当はつかないようだ。

残念ながら、青いネコ型未来ロボットほどに万能ではないらしい。

「早くも嗅《か》ぎつけて、嫌みでも言いに来たんじゃねぇだろうな…」

うなりながら、やれやれ…、と仕方なく柾鷹は立ち上がった。

「私が対応しましょうか？」

「いや。いいさ」

狩屋の言葉に軽く答え、柾鷹はのっそりと応接室を出て玄関先へ向かった。

「せぁっっす！」

一応、同じ神代会傘下なだけに、玄関前に並んで出迎えた千住の部屋住みたちが大音量で挨拶する中、ゆっくりと磯島が入ってくる。後ろに若い男を数人同伴していたが、玄関を入ってきたのはあと一人だけだ。

柾鷹も顔くらいは知っていた。磯島の息子で、跡目の——確か、磯島光毅《こうき》とかいう男だ。

アッシュブラックの髪はワイルドなアップバングで、片耳にピアス。モード系のスーツと、よく言えばしゃれていて、悪くいえばチャラい。年も柾鷹と同じくらいで、三十二、三だろう。誰に似たのか、まあ、イケメンの部類と言える。

が、そっちにはちろっと視線をやっただけで、柾鷹はオヤジの方にしっかりと目を据えた。

「これは磯島の組長。今日はまた突然、何の用です？」

「どうやら、宮口のオヤジが来てたようだな」

門前あたりですれ違ったのだろう。

柾鷹の問いには答えず、ちらっと肩越しに後ろへ目をやって、磯島がとぼけるように言った。

口元がわずかに、にやついている。

まったく楽しい話ではなさそうだ。

こんなに極悪なツラの連中が出たり入ったりだと、何事かと機動隊にマークされそうだ。まあ、手打ち式の情報がもれていれば、多かれ少なかれそれもありそうだが。

「ま、手打ち式も近いんでね」

白々しく柾鷹は答えた。

「ハハッ、手打ち式か。無事にやれりゃいいけどなァ…」

いかにも意味ありげな磯島の言葉に、もう知っているのか、と柾鷹は思わず眉を寄せる。

まあ、磯島には子飼いの刑事もいるから、そのあたりから情報が流れてきたのだろう。

「長い話になるんなら、上がっていきますかね？　茶くらいは出しますよ」

顎をしゃくり、鷹揚《おうよう》に言った柾鷹に、磯島が首を振る。

「いや、たいした用じゃねえ。ちょっとおもしろい話を小耳に挟んだんで、確認したかっただけでね」

「宮口の息子の件なら、俺も聞いたところですよ。小野瀬には確認をとりますがね」

低く返した柾鷹に、磯島が肩を揺らして笑った。

「おめぇが聞いたのはそれだけか？」

にやにやと嫌な笑い方だ。獲物をいたぶるような、酷薄《こくはく》な目の色。

「他に何か聞いとくことがありますかね？」

柾鷹は冷静に聞き返す。

「多分な。俺が耳にしたところじゃ…」

もったいぶるようにいったん言葉を切った磯島が、ぬっと身体を近づけてくる。

「おまえんところのべっぴんな姐さんが、その人殺しの最有力容疑者らしいじゃねぇか？」

「……あ？」

本当に、心の底から、柾鷹はあっけにとられた。

口を開けたまま、間抜《まぬ》け面《づら》しかさらせないくらいに。

──何、言ってんだ、こいつは？

と、本気でそう思った。

「バカバカしい…。遙が関わってるわけねぇだろ」

思わず吐き出してしまう。

「確かな筋から聞いた話だよ。だろ？」

自信ありげに磯島が言って、ちらっと後ろの息子に同意を求める。

「ああ、間違いねぇよ、オヤジ。現場の店先の防犯カメラに映ってたってな」

息子の光毅の方も、にやりと傲慢《ごうまん》な笑みで柾鷹を見上げてくる。

「確かな筋な…」

柾鷹は肩をすくめた。

想像はつく。磯島の子飼いの刑事――宇崎《うざき》だろう。

だとすれば、遙の顔はよく知っている。見誤るとは思えない。

ぞくり、と一瞬、背筋に冷たいものが走った。

何かに巻きこまれたのか。……いや、自分が巻きこんだのか？

「どうしてまた千住の姐さんが宮口の息子を殺したのかな？　前から何か関係があったんですかね？　宮口とも…、もしかして、一永会の小野瀬とも？」

光毅がうかがうように尋ねてくる。

「まったく不思議な話だよなァ。敵対組織の人間と通じてるなんざ、普通ならあり得ねぇ。が、あの姐さんならあり得るのかな？　人脈は広そうだ」

そんな皮肉に、柾鷹は表情は変えないまま低く返した。

「まったくあり得ない話ですよ、磯島の組長。人違いだと思いますがね」

「だといいがなァ…。本当だったらえらいことだからな。宮口の息子を殺しただけでなく、小野瀬とつながってる可能性もある。神代会の看板に泥を塗るような真似だ。……おっと、まさか、千住の。おまえ、大事な姐さんを一永会の小野瀬に寝取られたわけじゃねぇよなァ？」

いかにも冗談を冗談とは思えない口調で言って、磯島が哄笑《こうしょう》する。

「なるほど、そういう…。三角関係か！　あり得るな、オヤジ。シリが軽いわけだ」

それに光毅がさらに声を上げ、玄関の外にいた他の磯島の子分たちも同調して大きく笑い出す。

玄関先で一気に殺気が膨《ふく》れ上がった。

外で並んでいた部屋住みの若い連中は、もれなく遙のファンなのだ。うっかりすると、組長以上に慕われている。黙っていられるはずはない。

今にも殴りかからんばかりの顔つきだったが、それを察した狩屋が素早く片手を上げ、鋭い視線だけで動くな、と抑えている。

柾鷹もゆったりと腕を組み、ことさら大きな笑顔で言った。

「言葉に気ぃつけろよ、二代目。遙のシリはおまえの頭ほども軽かねぇんだよ」

「なに…!?」

光毅が一瞬、気色ばんだが、今自分のいる場所が千住本家のど真ん中だとようやく思い出したようだ。あたりを見まわして口をつぐむ。

「ご心配には及びませんよ、磯島の組長。うちのは組関係に興味はねぇし、あっちの方も十分に満足させてますからね。いまだ新婚並みにラブラブなんで」

へらっと余裕を見せて笑って返す。

「そうかい。それなら安心だ。だがあんたの女が小野瀬のバーにいたってのが事実なら、神代会としてもじっくり話を聞かなきゃいけねぇ。だろ？」

ねちねちとしたそんな言葉に、イラッとしながらも柾鷹は押し黙った。

確かに、聞かれたら説明の必要はある。偶然にせよ、何にせよ。

「今から報告に行くところだが、きっと代行も心配されてるだろうぜ。そうでなくとも、今度の手打ちの件はかなり面倒なことになったようだ。臨時の例会でも開いて、姐さん本人にも代行の前で申し開きしてもらわねぇとなァ」

いかにも嫌みな言い方に、低く押し殺した声で柾鷹は応える。

「あいつはしばらく旅行中でね。手打ちの間、本家を離れてもらってんだよ」

「連れもどしゃいいだけじゃねぇか。ま、ケツまくって逃げたってんなら、神代会の方でも探すことになるがな」

「よけいな手は出さねぇでもらいてぇな」

深く息を吸いこみ、柾鷹はピシャリと言った。

「神代会の中に薄汚ぇ裏切り者の虫がいるかどうかっていう、会のメンツに関わる問題だぜ？よけいってこたァねえだろ。ま、手打ち式の方も無事にやれるかどうかわからねぇ状況だしな」

にやりと口元で笑って、磯島が肩をすくめる。

「とにかく、今ここにいねぇんなら、早いところ姐さんを捕まえるんだな。もっとも次にツラを合わせるのは留置場の面会室かもしれねぇが……、ハハッ！　姐さんの方が先に格子の向こうに行くことになるとはなー。びっくりだぜ」

せせら笑うように言うと、がんばれよ、と肩をそびやかせて帰っていった。

やはり遙のことを聞いて、鬼の首でも取ったつもりで嫌みを言いに来たらしい。

「宇崎に連絡をつけろ」

その背中をにらみつけたまま、柾鷹は低く言った。

はい、と狩屋が短く答える。

とにかく、宇崎に遙の件で確認をとって、小野瀬とも話す必要がある。

正直なところ、今は抗争や手打ちなどどうでもよかった。

——本当に遙が現場にいたのか…？　警察は本気で遙を容疑者だと考えているのだろうか。

それが問題だった。

心臓が、背筋が冷たくなっていくのを感じる。これまでに覚えたことのない感覚だった。

いや、もちろん遙が誰かを殺したなどとは思わない。どういう状況であれ、遙が人を殺すことはない。遙にはできない。

……自分とは、違うのだ。

もし事故か何か——過失で相手が死んでしまったのなら、間違いなく自ら出頭する。

——だとすれば。

柾鷹が考えながら、無意識に家の中へもどろうとした時だった。

「先ほどの方は磯島さんですね？　神代会の。ご一緒の方はご子息でしょうか」

ふいに背中から聞こえた声に、柾鷹はゆっくりと振り返った。

目の前に立っていたのは、三枝だった。帰ったと思っていたが。門前がごたついている間に入りこんだようだ。

「すでに事件のことはお耳に入っていたようですが、どうしてわざわざ磯島さんが？」

ない。

「さぁな」

怪訝そうな問いに、柾鷹はぶっきらぼうに返す。理由がわかっていたとしても、答える義理は
「まだ何か用か？」

代わりに不機嫌に尋ねた。今は頭の中が飽和状態で、ふりだけでも愛想よくする気力がない。

「一つ、言い忘れたことがありまして。というより、宮口さんの前では言い出しにくかったことですが」

「何だ？」

「貴弘さんを殺したのは小野瀬かもしれませんが…、もしかすると理由は抗争とは関係ないかもしれません」

意味ありげ、というよりも、何か考えるように言った三枝の言葉に、柾鷹は眉を寄せる。

「どういう意味だ？」

「実はこのところ、貴弘さんの様子が少しおかしかったんですよ。くわしい事情は話してもらえませんでしたが、何かで…、女に強請《ゆす》られていたようで」

「女に強請られてた？」

柾鷹はちょっと目をすがめた。

仮にもヤクザの息子が？

「まあ、金をせびられていた、という程度かもしれませんけどね。けれど何か弱みを握られてい

たのは間違いないようで…、誰かと電話で相談していたんですよ。面倒になる前にどうにかした方がいい、と」

「どんな弱みだよ？」

もちろん……というか、違法な行為はいろいろとやらかしてそうだが、普通それでヤクザの息子を脅そうとは考えない。逆に袋だたきにされるくらいだろう。

「さあ、それは。ただ十五年前のことがバレて困るのはあんたも一緒だろ、とか言っていたのが聞こえたので…、何か昔、仲間と一緒に悪さをしたんじゃないでしょうか」

「昔の悪さねぇ…」

柾鷹は無意識に耳の後ろを指で掻いた。

そりゃ、ヤクザの息子ならイロイロとオイタもしているだろうと想像はできる。柾鷹にしても、キレイな経歴とは言えない。

「素人《しろうと》考えだと、宮口さんに頼めばすぐに片がつくことじゃないかと思ったんですけどね」

さらりと言った三枝の言葉は、さすがはヤクザのお抱え弁護士だけのことはある。

「どうやら父親には言えない秘密だったようなんですよ。一度、私も何かあるのなら相談してみたらどうですか、と忠告したんですけど、相手にされなくて。ですから、もしかするとその電話の相手が小野瀬だったのかもしれないと思ったんですが」

真剣な顔で言った三枝の言葉を、柾鷹は一笑に付した。

「まさか。小野瀬が昔のツレだったら、もめ事を起こす必要はねぇだろ」

「仲間割れだったのかもしれませんよ？　親には一永会の小野瀬と関係があるとは言い出せないまま、予想外に大事になってしまった。もしくは、関係があるとはバレないように、カムフラージュでわざと手打ちまで持っていくようにした」

確かに、敵対している一永会と美原連合で、傘下の組長と組長の息子がこっそり通じている、などということは、バレたら破門騒ぎに発展する。

ちょうど今磯島が、宮口や小野瀬と、遙との関係を疑っているのと同様に、だ。

トップ同士が表向き仲良くするのはかまわないが、下の人間が勝手に仲良くやり始めたら、まともな統制がとれなくなる。まぎれもない、裏切り行為だ。

とはいえ。

「それはちっとばかりうがちすぎって気もするがなー」

柾鷹はうーん、と首をひねった。何となく小野瀬のキャラではない気もするのだ。

それに三枝がかすかに笑う。

「そうかもしれません。ただその脅していた女も、つい先日、殺されたようなんですよ。貴弘さんが食い入るようにニュースを見ていたんですけどね。それも偶然だと思いますか？」

ふっ、と柾鷹は息を吸いこんだ。

つまり単純な抗争での殺しではないかもしれない、ということだ。

「小野瀬と、その宮口の息子のいざこざのもとは女だと聞いたが…、それがその女なのか？」

「わかりません。その可能性はありますけどね」

柾鷹の問いに、三枝が肩をすくめる。

「だったら、その息子が手をまわして女をやらせたんじゃねぇのか？」

それが小野瀬のお気に入りの女だったら、確かに宮口の息子に報復した可能性はある。ある意味、人間らしい感情だ。

慎重に尋ねた柾鷹に、三枝が首を振る。

「それは違うでしょう。ニュースを見て、女が殺されたことにひどく驚いていたようですから。それに少し…、怯えていたようにも見えたんですよ」

その言葉にまた少しわからなくなって、柾鷹は難しい顔で頭を掻いた。

宮口の息子が女を殺していないにせよ、小野瀬はやったと思った、ということはあり得るが、自分を脅していた女が殺されて、宮口の息子が怯えていた、というのは少しおかしい。普通に喜ぶところだろう。

次に小野瀬に殺されるのは自分だ、とでも考えたのだろうか？

だが、小野瀬とは手打ちが進んでいた段階だったのだ。女を殺したのが本当に自分でないのなら、弁明はできたはずだが。

状況がいろいろとややこしすぎる。はっきりとした事実が少ないのも問題だ。

柾鷹は無意識に顎を撫でたが、それよりも気になるのは――、だ。

「どうしてあんたはそんなことを俺に教えてくれるのかな？」

ことさら穏やかな笑みで、柾鷹は尋ねた。

「私は貴弘さんを殺した犯人を知りたいだけですよ」

それにまっすぐに、三枝が答えた。

その目の強さ――気持ちは本当らしい。どんな人間でも友情は生まれるもののようだ。

「警察に任せておけよ。善良な弁護士ならな」

「警察は信用できませんからね」

バッサリと切り捨てた三枝は、静かに続けた。

「ですので、小野瀬さんとお話しになる機会がありましたら、そのへんも考慮された方がいいかもしれません。表に見える抗争が動機とは限らない。あるいは、殺したのが小野瀬さんでなければ、他に犯人がいるはずですからね」

「俺は別に真犯人を捜してまわる名探偵じゃねぇよ。小野瀬の関与があるかないかだけ、わかりゃいい」

突き放した柾鷹だったが、三枝がおもしろそうに微笑んだ。

「そう言っていられないんじゃないですか？　さっきちらっと聞こえてきた話では、こちらの姐さんが関わっているとかいないとか。千住の組長の愛妻家ぶりはこちらの業界では有名ですからね。留置場に送られるのはお辛いでしょう」

磯島との会話を聞いていたらしい。

「マジか……」

思わず額を抑え、低く柾鷹はうなった。

いや、もちろん遙を留置場などに入らせるつもりはないが、それよりも。

神代会だけでなく、美原連合の、さらにそのお抱え弁護士の耳にまでそんな噂が入っているなど遙が知ったら――間違いなく、怒る。ものすごく、怒られる。

「ぜひ、真犯人を見つけてください。千住の組長でしたら、名探偵にはできないやり方も機動力もありそうですからね」

皮肉めいた口調で言って、では、と頭を下げ、三枝が背中を向けた。

いつの間にか前嶋が玄関の前に立っていて、門の外まで三枝を見送っていく。というより、しっかりと帰るのを確認するつもりだろう。

……にしても、どうなってんだ？

いろいろな事実――おそらくは虚実入り乱れて押し寄せてきて、柾鷹も少しばかり混乱する。

ようやく足を動かして廊下を曲がると、狩屋が立っていた。どうやら話は聞いていたらしい。

「ずいぶんとややこしい状況になりましたね」

「まったくだな」

端的にまとめられて、柾鷹もため息をついた。

「あの三枝という弁護士も、ずいぶんと仕事熱心ですね。それだけ、戸川貴弘でしたか、宮口の息子の仇《かたき》がとりたいということでしょうか」

狩屋もなかば独り言のように口にした。

確かに、単にお抱え弁護士というだけでここまで深入りしてくるのはめずらしい。普通ならやっかいごとを避け、むしろできるだけ近づかないようにするだろうに。

「ま、とにかく、最優先するのは遙の身の安全だな」

本当に警察に追われているのなら――どうにかする必要がある。かといって、神代会も捜し始めるとすると、うかつにこの本家にもどすのも問題だ。

「遙のパスポート、確認しとけ」

柾鷹は短く言った。

この状況ならやはり海外が一番安全だった。指名手配になっていなければ、まだ出国はできるだろう。

「宇崎とは連絡がついたか？」

「いえ、先ほどは出なくて。もう一度、電話を入れてみます。……あ」

ポケットから携帯をとり出した狩屋が、ふいに小さく声を上げた。ちょうど着信があったようだ。

お疲れ様です、と丁寧に対応したところを見ると、宇崎がコールバックしてきたわけではなさそうだ。

そして、スッ…、とその携帯を柾鷹に差し出してくる。

「遙さんからです」

5.

この日、遙が目覚めたのは、朝の八時前だった。

目覚ましはかけていなかったが、いつもより少し早い。

どことない違和感——馴染みのないベッドに、馴染みのない殺風景な室内は、適当に入ったビジネスホテルだったな…、とようやく思い出す。

と同時に、昨日の記憶が一気によみがえり、遙はベッドに半身を起こして、大きなため息をついた。

ゆうべは千住の本家には帰らなかった。当分帰らない方がいい、という気がした。

もちろん、まったく問題はないのかもしれない。橘が通報したにせよ、店長が通報したにせよ、遙のことは表に出ないまま終わる可能性もある。あの殺された男も、千住や小野瀬とは何の関係もないかもしれない。

が、楽観はしていなかった。

だから少なくとも状況がはっきりするまでは、千住にも、千住の関係先にも、近づかないようにしよう、と決めていた。

よけいなことに柾鷹を……千住を巻きこみたくない。うかつに関わらせるとどれだけ大きなダメージになるか、想像もできない。

警察につけいる隙を与えることになるし、神代会の中でも問題になるだろう。

この件が千住にまったく関わりなく終われば、きっと遙を探してうるさいだろうが、それはそれだけのことだ。

とりあえず、手打ち式とやらが終わるまで大きな騒ぎにならずにすめば、まったくの別件ということで安心できる。……もちろん、死んだ人間が生き返るわけではないが。

冗談で言っていたように、しばらく旅行に出てもいいかもしれない。この機会に温泉めぐりとか。幸いモバイルのパソコンは持ち歩いていたし、携帯があれば、どこにいても仕事はできる。

心臓がいつになく大きな音を立てていた。状況がはっきりしないのが怖い。

それでも覚悟はしていたはずだった。いつ、どんな状況になるかもわからない——、と。

どんな状況にも対応していかなければならないのだ、と。

それが、自分の選んだ生き方だった。

「よし」

腹に力をこめ、遙は、はっきりと口に出して言った。

まずはシャワーを浴び、身支度をして、無料でついていたビュッフェで軽い朝食をとる。

薄いコーヒーをなんとか燃料にすると、十時半を過ぎたくらいにホテルをチェックアウトした。同じホテルに連泊することは避けることにする。

このホテルはクレジットカードで支払ったが、今後はカードで足がつくという可能性もあるので、とりあえず近くのＡＴＭでまとまった現金を引き出した。

逃亡者の心理だな…、と、自分でもちょっと笑ってしまう。この件が片付いたら、どこか外資系の銀行で貸金庫でも借りて現金を保管しておくべきかもしれない。

携帯を使うのも、もしかするとマズいかもしれない、とは思ったが、正直、切迫度がわからなかった。今の時点で手放すと、あまりに不便だ。

そういえば、今の世の中、ヤクザは携帯の契約にも苦労しそうだが、柾鷹たちはどうやって手に入れているのだろう？

ふと、そんな疑問が頭に浮かぶが、正直、自分の立場では深く踏みこまない方がよさそうだ。知らなくてもいいことはあると学んでいる。

あまり腹も減っていなかったが、昼過ぎに軽いランチをとり、少し考えてから目についたカラオケボックスへ入った。

飲み物を一つ注文してから、曲は入れず、遙は携帯を取り出した。

迷うまでもなく、狩屋に発信する。

よけいなことを伝えるつもりはなかった。ただしばらく家を空ける、とだけ断りを入れればいい。手打ち式でバタバタしていれば、それもいい口実だろう。

ほんのワンコールで相手が出た。

「あ、悪い。今、大丈夫か？」

『ええ。お電話を差し上げようと思っていたところです』

特に感情のない、いつもと同じトーンだったが、それだけで遙は小さく息を呑む。

柾鷹だけでなく狩屋とも長い付き合いだ。よほどでなければ、狩屋から遙に電話を入れてくることはない。

「何かあったのか？」

『少しばかり。代わります』

短い言葉で相手が変わり、よう、と聞き慣れた低い声が耳元に落ちた。

それだけでホッと安心してしまう。知らず、頰のあたりが緩んでしまうくらいに。

『今、一人か？』

しかしまずそれを聞かれたことに、遙はふっと身が引き締まった。

何もなければ……普通なら、まずゆうべ本家にもどらなかったことで、ぎゃんぎゃん文句を言ってくるだろうから。

「ああ。今、カラオケボックスからかけてる」

なるほど、とつぶやいて、柾鷹が吐息で笑った。

柾鷹にしても、こんな真っ昼間から遙が一人、カラオケに興じているとは思っていないだろう。

つまり、一人になれる場所を探したのだ、と理解している。

『いいな、カラオケ。俺も合流したいところだがなー』

いかにものんびりとした口調に、遙は苦笑した。

「おまえの歌声を聴かされるんなら、俺はさっさと逃げたいけどな」

『ひどっ。俺のラブソングを耳元で聞いたら、腰が砕けんぞー』

柾鷹の膨《ふく》れっ面が見えるようだ。

「破壊力はよく知ってるよ」

思わず喉で笑って、遙はあっさりと返した。

『帰ってきたら、たっぷり聴かせてやるからな』

「当分、帰らないかもしれない。しばらく旅行に行こうかと思っているんだ」

『……なるほど』

静かに、無意識に息を詰めるように言った遙に、柾鷹が短く答える。

やはり何かあったのだ、と確信した。そうでなければ、こんなに簡単に納得するはずはない。

「そっちは…、何か変わりはないか？」

口の中が乾いていくのを感じながら、それでも平静に遙は尋ねた。

『まァ、いつもとたいして変わりはねぇが……、細かい問題はあるな。手打ちは延期になりそうだし』

何気ない口調で言われて、遙は息を詰める。

「延期？」

『あぁ。美原連合の宮口の息子が殺されたとかでな』

一瞬、息が止まった。

昨日の死体の顔が目の前によみがえる。

「息子？　息子、だったのか……」

思わず遙は口にしていた。

組員どころではない。

『見たのか？』

静かに聞かれ、さすがに話さないわけにはいかなかった。

「昨日…、スポーツジムで携帯を忘れて、拾ってくれた人のバイト先まで取りに行ったんだよ。そこに死体が転がってた」

端的に説明した遙に、ふーん、と柾鷹がうなる。

「通報は店長か、そのバイトの子がしたと思うけどね」

『警察がおまえを探してるらしい』

「警察……？」

知らず、かすれた声がこぼれた。もうそこまで？　と思うと、さすがに心臓が痛くなる。

やはり橘が話したのか、とも思ったが。

『店の前の防犯カメラにおまえが映ってたとよ。ま、現場じゃなけりゃ、参考人程度だろうが』

ああ、と思わず目を閉じた。

当然あるだろう。店の中でなくてよかった、というべきか、むしろ、あの状況なら中にカメラがあった方がよかったのかもしれない。警察の目にも状況がはっきりしただろう。

『ついでに神代会の連中も、おまえのケツを追っかけてる。相変わらずモテモテだなー』

ちゃかすような声が電話の向こうから聞こえ、遙はそっと息を吐いた。

柾鷹のそんな声で、少し気持ちが落ち着くのがわかる。

「でも、どうして神代会が？」

そっちはわからない。

『おまえが小野瀬とつながってる可能性があるかも、ってことだな。小野瀬の店なんだろ？　宮口の方との関係も、疑おうと思えば疑えるし』

ああ…、と声がもれた。なるほど、とそっちの問題にようやく気づく。

そして一つ息をついてから、尋ねた。

「警察に出頭した方がいいか？」

公的にも、千住が関わってしまうことになる。が、このまま逃げまわっていると、よけいに容疑を濃厚にしそうだ。

「あー…、いや。まだ状況がはっきりしねぇからな…。うちまでサツが来てるわけでもねぇし、出頭要請があるわけでもねぇから」

うーん、と何か考えながら、柾鷹が答える。

遙は乾いた唇をなめ、もう一つ、確かめた。

「俺は…、ハメられたと思うか？」

「ま、偶然で片付けるのはちっとばかし苦しいかもなァ……」

小さく笑うように返った言葉に、遙は思わず目を閉じた。ぎゅっと無意識に、指がシャツの端をつかむ。

「……すまない。注意不足だった」

頭の芯が痺れる。涙が出そうだった。……気をつけていたつもりだったのに。

『いや、こっちの問題だろ』

絞り出すように言った遙に、男の軽やかな声が返る。こんな状況でも。

『悪いな。いつも…、とばっちり食わせて』

「もともとおまえの問題でもないんだろ？」

小野瀬と、その宮口とかいう連中の問題で、柾鷹は手打ちを任されたに過ぎないのだ。

『俺の仕事の問題だな』

落ち着いた、当然のように受け止める言葉。

いつ、何が起こっても、平然と受け止める――その覚悟。

そういう生き方なのだ、と。

そして遙も、同じ船に乗ったのだ。

どちらが巻きこまれたにせよ、同じ波を被るだけだった。

『その、おまえの携帯を拾ったってのは誰だ？』

「あ、えーと…、橘くん。橘……、岳人《がくと》だったかな。時々、ジムで一緒になるんだけど。二十四、五歳のまだ若い子だよ。とてもヤクザには見えないし…、普通の、感じのいい子だけどな」

正直、関わっているとは思えなかったし――、疑いたくはない。ただ考えてみれば、小野瀬の店で働いている時点で普通ではないのかもしれない。

『わかった。……それと、あー…、おまえのパスポートをどこか受け取れそうなとこに預けておく。できれば一度、日本を出た方がいいかもしれないな。アメリカでも、そうだ、香港でもな』

さらりと言われて、遙は思わず目を見張った。

それは、かなり深刻な状況だということだ。柾鷹の方から海外に行けと言い出すとは。

「その方がいいのか？」

『ま、状況がはっきりするまではな。単におまえに人殺しの罪を着せたいヤツがいるのか、神代会の中におまえを潰したいヤツがいるのか、あるいは神代会にケンカをふっかけたくて、外部のヤツがおまえを利用しただけか』

「何にせよ、俺が邪魔な人間がいるってことだな。やっぱり俺のせいかもしれない」

遙は小さく唇を噛んだ。

株投資とかでいろいろと目立ちすぎたのだろう、と思う。

『いや。俺がおまえを愛したせいだな』

と、ふいに場違いにすっとぼけた言葉が耳に落ちて、遙は一瞬、言葉に詰まった。

「……バカだろ」

そして次の瞬間、思わず噴き出してしまう。

と同時に、なぜか急にまぶたが痛いように熱くなっていた。

気取った言い方がおかしくて、だ。もちろん。……多分。

まあ確かに、諸悪の根源はこの男かもしれない。そう責任を丸投げしたくなる。

丸投げしても、この男は間違いなく受け止めてくれる――。

「だったらいつもそばにいて…、守ってくれるんじゃないのか？　海外に逃がすんじゃなくて」

喉で笑いながら、そんな言葉がこぼれていた。

そうだ。それがこの男の責任だったはずだ。

――自分をこんな、陰謀と駆け引きと暴力が絡み合う物騒な世界に引っ張りこんだ。

『そばにいなくても、大きな愛でいつも守ってるけどなー』

にやにやと楽しげな男の声。耳がくすぐったい。

「そうだったのか？　知らなかったよ」

白々しく返しながら、遙は無意識に広いソファに身体を伸ばす。

『ひどっ。……ま、今は多分、俺もマークされてっからうかつに動けねぇだろーし。心配すんなよ。ちょっとばかし離れてても、おまえは俺を忘れられねーよ。たっぷり身体に教えこんでるもんなー』

「どうかな。俺が海外に行ったら、当分は声くらいしか聞けないぞ」

『おっ、テレフォンセックス？　いいなー。懐かしーっ』

ウキウキと柾鷹が声を弾ませた。

そういえば以前、遙がアメリカに留学（逃亡？）していた時には、そんなことがあった……ような気もする。

今度はビデオ通話の画面越しに、とか言い出しそうで、正直、それは勘弁して欲しかったが。

「進歩がないな。今時はバーチャルセックスの時代だろ？」

遙は鼻で笑ってやる。機械音痴のこの男には絶対無理だな、と思いながら。

『バーチャルせっくすぅ？　パソコン越しにか？』

「というか、ＶＲゴーグルみたいなのつけて。もしかしたら、メタ空間とかでもすでにできるのかな…？」

ちょっと想像してしまうが、やっぱり想像したくない。が、そんな仮想現実も近づいている気はする。

『マジか…』

どこまで理解できているのか、柾鷹がげっそりとうなった。

「ＳＦだとずいぶん前から書かれてるけどな、バーチャルセックス」

『やだー。触りたいー』

古式《こしき》ゆかしい職業の男が駄々をこねる。

「バーチャルでちゃんと触った感触があるんだよ。脳がそれを感知するだけだけど」

『ホンモノがイイに決まってんだろ。入れた時の微妙な締めつけ具合とかさー。吸いついてくる感じとか？　おまえだって、腰で味わう快感と脳で感じるのとは……』

「わかった！　もうしゃべるなっ」

さすがに恥ずかしくなって、遙はわめいた。

うかつなことを言ったせいで、妙な関心を持たれても嫌だ。

柾鷹が喉でくっくっ…と笑う。そして、少し落ち着いた声で言った。

「警察はともかく、神代会の連中がおまえを見つけようと躍起になってる。しばらくあの……、どこだ？　狩屋の知り合いのＳＭクラブ？　とかに隠れててもいいかもな」

「ああ…、いや、ホテルをあちこち移るよ。近場の温泉とか」

答えてから、ふと思い出して尋ねた。

「そういえば、携帯は安全なのか？」

そんな遙の問いに、どうだ？　と柾鷹が後ろに聞き直している。

『警察が本気で捜すつもりなら、遙さんの番号から位置情報を割り出すくらいはするかもしれませんが…、現段階でそこまでする容疑があるかどうかは疑問ですね』

そんな狩屋の声が聞こえてくる。

「じゃ、基本的に電源は落としておくよ。時々はチェックするけど」

『それも面倒だけどなー…』

柾鷹がうなる。

「そろそろ切るぞ。状況が変わったら連絡をくれ」

いつになく名残惜しい気はしたが、遙は思いきるように言った。

『遙』

と、男の呼ぶ声が耳に沁みこむ。

『大丈夫だ。俺がいる』

静かな、力強い声が全身に広がっていく。

「ああ。知ってる」

目を閉じて、遙は小さく微笑んだ。電話を切る。

いつもならあきれるだけのバカ話だったが、それに安心する。

昨日からずっと重いものが肩にのしかかっていたが、少し楽になった気がした。

大丈夫だ。戦える。立ち向かえる。

大きく深呼吸してから、遙はもう一度アドレスから番号を呼び出して、通話ボタンをタップする。

コールは三回ほど。

「――あ、橘くん？　……ああ、うん。……そう。もし時間があるなら、今からちょっと会えないかな？」

6.

ついさっきまで手打ち式に向けての準備でごった返していた二階の一室は、今はテーブルに置かれていたものがすべて部屋の片隅にまとめて押しやられていた。

どさり、と重い身体をソファに下ろした柾鷹の前に、部屋住みの若いのが緊張した様子でアイスコーヒーを運んでくる。

誰も口を開かず、コトン…、とかすかにグラスの置かれる音だけが空気を揺らした。

その空気にあてられたように、さっす…、とだけ、ほんの小さな声で言うと、ぺこりと頭を下げて若いのが急いで部屋を出る。

部屋住みの連中もかなり動揺しているようだ。磯島があれだけ玄関先で騒げば、ある程度の状況が耳に入らないはずもない。

今頃は前嶋が下で若い連中の気持ちを落ち着かせ、引き締めをはかっているところだろう。

聞きたいことは山ほどあるだろうが、柾鷹にしてもまだ彼らとほとんど同じ情報しか持っていない。

狩屋もテーブルの角を挟んだ隣にすわっていたが、やはり黙ったままだった。

沈黙が重い、というよりも、おたがいに頭の中で状況を整理しているところなのだ。

柾鷹はアイスコーヒーで喉を湿らせてから、ようやく口を開いた。

「誰が遙を巻きこんだ？」

問いではない。感情もなくただ淡々と、疑問を箇条書きするみたいな声が出る。

「何のために、というのも問題ですね」

それに呼応するように、狩屋も静かに続けた。

そうだ。その二つに答えが出ればいい。それがわかれば、多分、宮口の息子を殺した犯人もわかる。

もっとも柾鷹としては、犯人が知りたいわけではなく、遙が無関係だと証明できればいいのだ。

ともかく今は、確かな事実を把握する必要がある。

と、狩屋の携帯が着信音を響かせた。

「宇崎です」

素早く相手の名前を確認した狩屋に、柾鷹は軽く顎を振る。

はい、と狩屋は応答してからスピーカーにし、携帯を柾鷹の前に置いた。

『どうも…、若頭。お電話いただいていたようで、申し訳ありませんなぁ』

例によって低姿勢で、気弱な——そう見せかけた声が携帯から聞こえてくる。

宇崎は所轄の生活安全課の刑事で、見かけはしょぼくれた中年男だが、かなり食えない、そして抜け目のない男だ。

磯島の子飼い——つまり、磯島から金をもらって情報を流している、いわゆる汚職警官である。

だから本来、柾鷹や狩屋とこんなふうに連絡をとる立場ではないはずだが、ある事情から、遙に対しては大きな恩を感じているらしい。柄《がら》にもなく、だ。

そのため、柾鷹たちにも時折、忠告めいた情報を流してくれることがある。が、もちろんそんなことが磯島に知れたら、確実に東京湾に浮かぶことになるだろう。

「用件はわかってんだろ？」

柾鷹はわずかに身を屈め、短く言った。

『これは組長……』

さすがに声で気づいたらしく、宇崎がハッとしたようにつぶやいたが、当然、予想はしていたはずだ。

「宮口の息子が殺されたというのは本当なのか？　戸川貴弘とかいう男だ」

『ああ…、ええ…、まぁ』

署内からかけているのか、あたりをはばかるように宇崎が言葉を濁す。

『うちに捜査本部が立ったんで、アタシも駆り出されたんですがね…』

どうやら宇崎のいる所轄内が現場だったようだ。

「小野瀬のカジノバーで見つかったって？」

『まぁ、ですねぇ…。とはいえ、そっちの名前は正式には出ちゃいませんのでね。疑いがあるというレベルですかね。それに遺体は別の場所から運ばれてきたようですし』

その新しい情報に、狩屋がピクッと顎を上げる。

わざわざ小野瀬の店に「運ばれた」となると、やはり小野瀬がやったというよりも、誰かが小野瀬の仕業《しわざ》に見せかけようとした、という方が自然に思える。だからこそ、小野瀬もヘタな小細工はせずに通報させたのかもしれない。

「で、遙が防犯カメラに映ってたって？」

さらに一段冷たくなった柾鷹の声に、宇崎が一瞬、息を詰める。そして長い息を吐いた。

『お耳が早いですなぁ…。アタシもお知らせしようかと思っていたところですよ』

「磯島が浮かれてしゃべってったよ。まず最初に、こっちに知らせて欲しかったがな」

嫌みたっぷりに言った柾鷹に、宇崎が大きなため息をついた。

『確かにアタシは磯島の組長の世話になっとりますよ。逆に言えば、千住の組長にお知らせする義理はないんですわ。それでも、こうして危ない橋を渡って連絡してる事情を察して欲しいですなぁ…』

宇崎の言葉は、ある意味、もっともではある。こちらに連絡をよこしたのは、宇崎の個人的な感情——遙に対する恩でしかない。しかも、命がけでそれに報いているわけだ。

『それに、アタシが伝える前からなぜか磯島の組長はご存知だったみたいでしてねえ…。むしろ、磯島の組長の方から連絡があったんですよ。朝木先生が容疑者というのは本当か、って』

——では、磯島は誰から聞いたんだ？

柾鷹は小さく首をひねった。てっきり宇崎が知らせたんだろうと思っていたが。

いや、もしかするとすべては磯島が仕組んだことなのだろうか？　磯島が手打ち式を邪魔するために、遙を巻きこんで？　だとすれば、遙が防犯カメラに映っているだろうことも、誰に聞く必要もなく予想はついたはずだ。

いくら磯島でも、柾鷹が仲裁する手打ち式をぶち壊したいだけでそこまでするだろうか、とも思うが、意外とそれがきれいに筋が通っている気もする。わざわざ小野瀬のバーに死体を置いたことも含めて、だ。

……中年男の嫉妬《しっと》が一番見苦しいっつーしな…。

内心で思ったが、とりあえず一番気になるところを柾鷹は確認した。

「で、遙は容疑者なのか？」

『参考人でしょうかねぇ。通報があった小一時間ほど前に現場のビルに入って、二十分ほど前に出られとるんですわ。ただ死亡推定時刻はさらにその半日以上前ですのでね。その時にやったというわけじゃない。とはいえ、関与している可能性は、……まあ、こちらとしては疑わざるを得ない状況でしてねぇ』

そんな言葉に、柾鷹はそっと息を吐いた。

だったら容疑もそれほど濃厚というわけではないらしい。

宇崎がさらに声を低くした。

『アタシもさすがに朝木先生が関わっているとは思っちゃいませんからねぇ』

宇崎も遙のことは知っているだけに、そのあたりは察しているらしい。

「そうだな」

そう。誰かがわざわざ巻きこんだのだ。

『まあ、その防犯カメラというのも少し距離が遠くてですねぇ…、画像もそれほど鮮明なわけじゃないんですわ。画像処理して確認したところ、どうやら似ている、とうちの数人から先生の名前が挙がった感じでしてね』

いくぶん言い訳がましい言葉に、柾鷹は吐息で笑った。

つまり宇崎は確信を持って気づいたが、口にはしなかったわけだ。それでも捜査本部の中で、他に遙の顔を知っている人間がいたのだろう。直接は知らなくとも、暴力団の関係者リストに名前が挙がっていれば写真くらい見たことがあるだろうし、被害者が宮口の息子だとわかった時点で、いわゆるマル暴の刑事が捜査本部に合流していてもおかしくない。

『で、朝木先生は今どちらに？』

何気ない様子で、しかし刑事としては一応、聞くべきことだろうことを聞いてくる。

「旅行中だ」

『はぁ…、なるほど。行き先をお聞きしてもご存知なさそうですなぁ…』

短く答えた柾鷹に、宇崎が返してくる。それ以上、聞いても無駄だ、と悟っているわけだ。

「家出されたんでな」

耳の穴をほじって柾鷹はとぼける。

「うちに探しに来るか？」

『先生の現住所はマンションの方ですよねえ？　何度かうちの者がおうかがいしましたが、お留守だったようで。一応、手配はされてますが…、もし組長の方でご連絡がつくようでしたらお話をうかがいたいとお伝えいただければありがたいですなぁ』

同様に宇崎もとぼけた口調で言った。もちろん、期待しているはずもない。

「指名手配じゃねぇのか？」

笑うように尋ねた柾鷹に、さらりと返してくる。

『いえいえ、まさか。本部では他のセンも追いかけてますしね』

「他のセン、っつーと、……小野瀬の方か？」

『まぁ、一応、話を聞かないわけにはいかんでしょうな。ガイシャとしばらくもめてたようですし。とはいえ、手打ちになったということですから、タイミングとしては微妙ですかなぁ…』

手打ちの話は、やはりどこかから耳にしていたのだろう。宇崎にしても、このタイミングで小野瀬がやらかすとは思えない、ということのようだ。

「ああ、そうだ。橘岳人という男について何か知ってるか？」

思い出して聞いた柾鷹に、宇崎がわずかに探るように聞き返す。

『橘岳人…、発見者ですな。彼が何か？』

「遙をハメたとしたら、その男が最有力だからな」

柾鷹はあえて端的に言う。宇崎が一瞬、言葉を呑んだ。

『……あの男がですか？　確かに第一発見者ですが…、現状ではただのバイトで、特に怪しい点は上がってないんですがねぇ…。まあ、遺体発見後、警察ではなく店長にまず連絡したのは問題ですが、立場上、わからないわけでもないですし。そうですか、あの男が……』

ふぅむ、とうなって、宇崎が独り言のようにつぶやく。

だとしたら、小野瀬が何かをやらせた可能性もある、と考えたのだろうか。

「それと、死んだ男の過去…、十五年前に何かやらかしてないか、調べてもらえるとありがたいんだがな?」

続けて言った柾鷹の言葉に、宇崎が、はぁ、と気の抜けた声をもらす。

『十五年前、ですか? 戸川の? ……ははぁ。どうやら組長は、何か警察も知らない特別な情報をお持ちのようですなぁ』

「わからねーから調べろ、っつってんだよッ」

いつものことだが、宇崎のだらりとした口調にイラッとして柾鷹は吐き捨てた。

やたらとイラついてしまうのは、三枝の言葉に踊らされているようで妙に気持ちが悪いせいでもある。

もちろん、遙がいないせいだし、そもそも遙があちこちから身を隠さなければならないような、やっかいな状況に追いこまれているせいなのだ。

『ははは…、まぁ、骨を折ってみますよ。朝木先生のためにですがね』

ふん、と柾鷹は鼻を鳴らした。

当然、柾鷹にしても宇崎が自分に忠誠を誓ってくれるなどとは思っていない。

「宇崎さん、恐れ入りますが、私からも一つ、よろしいですか?」

ちらっと視線を上げて柾鷹に許可を得てから、狩屋が口を挟んだ。

「一週間ほど前、新宿《しんじゅく》の路地裏で女性の絞殺死体が見つかっていますね。吉永果穂《よしながかほ》、三十三歳、飲食店勤務。暴行の上、強盗殺人とかなり凶悪なようですが、……戸川と何か関係がありますか?」

どうやら柾鷹が話している間に調べていたようだ。さっき三枝が言っていた「つい先日殺された女」でヒットしたのだろう。

『新宿の……?』

思いもよらなかったのか、宇崎は言葉を途切れさせた。

『いや、管轄が違うんでアタシもくわしくはないんですが…、そちらもまだ犯人の目星はついてないようですねぇ。行きずりの強盗殺人のセンで追っていると思いますが、まさかこっちの件と何か関わりがあると?』

トーンは抑えめだったが、さすがに少しばかり興奮が見える。

「あるかもしれねぇなァ…」

柾鷹はいかにも意味ありげな口調で言った。

『では、ちょっと聞いてみましょうか。……どうも、情報提供に感謝しますよ』

へらっと調子よく、宇崎が言った。そうつけ足しておけば、とりあえず柾鷹たちと話していることに正当性のカケラくらいは出る。

と、その時、宇崎の電話口の向こうから、野太いダミ声が響いてきた。

『――おい、宇崎！　おまえ、何ぐずぐずしてんだ？　管理官がお待ちだぞっ』

『あー、これはどうもすみませんね…。今行きますんでー』

上司だろう。それこそヤクザ並みの怒鳴り声だったが、宇崎は相変わらずひょうひょうと応えている。

やはり署内からかけていたようだ。

『じゃ、何かわかりましたらまたご連絡しますよ』

急いでそれだけ言うと、電話が切れる。

ふぅ、と柾鷹も一度、肩の力を抜いた。バタッ、とソファの背もたれに身体を預け、伸ばした手で水滴を弾くグラスをつかむと、残ったアイスコーヒーを一気に喉に落とす。

「とりあえず…、宮口の息子が殺されたというのは事実のようですね。それになぜか、遙さんが巻きこまれた」

狩屋が冷静に口にする。

「わざわざ遙を巻きこんだのは、俺を引っ張り出すためだろう。俺にダメージを与えるためか、手打ちを潰すためか」

多分、そこまでは間違いない。

ええ、と狩屋もうなずいた。

結局は自分が遙を巻きこんだのだ。わかってはいたが、胸の奥にいらだちと憤《いきどお》りと息苦しさが重く積もっていく。

それを抑えこむように、柾鷹は大きく息を吸いこんだ。

「手打ちを潰すのが目的なら、磯島さんくらいしか動機はなさそうですが…、しかしそもそもは代行がまとめた手打ちですからね。うちへの嫌がらせにしても、そこまでするほどとは、ちょっと思えないんですが」

慎重な狩屋の言葉に、柾鷹もうなずいた。

「そうだな。もしバレたら、赤字モノだからな」

赤字での破門状——黒字で書かれるよりも組織への迷惑度が大きい——くらいの重罰は食らうだろう。いくら柾鷹にムカついたとはいえ、そこまでの覚悟で邪魔をするかと言われると、すんなり納得はできない。

「小野瀬が裏で糸を引いてるとすると、何か別の目的があるということでしょうか？」

「あるとしたら、よっぽどの狙いだろうなァ…。自分の店で死体を発見させるくらいだ。遙を巻きこむ意味もわからねぇし」

うーん、と柾鷹は腕組みをして考える。

「やはり手打ち式とはまったく別の…、三枝弁護士が言っていた十五年前の問題ですかね」

「何をしでかしたんだ……？」

柾鷹はちょっと額に皺を寄せる。

もちろん、三枝の言っていることが本当だとして、という前提になるが。

「十五年前だと…、いくつの時だ？」

「そうですね。……ああ、戸川の会社のサイトにプロフィールがありますね。コンサルティング会社のようですが」

会話をしながらも、狩屋が手早くタブレットで調べて口にする。

「コンサルねぇ…」

柾鷹は冷笑した。

まあ、ヤクザの仕事も広義ではコンサルティングだ。専門的な相談に乗り、状況に応じてアドバイスを与え、なんなら問題解決に直接的、間接的に力を貸す。

「今年で…、享年になりますね。三十四歳。俺たちより一つ上ですから、十五年前だと、大学在学中でしょうか」

狩屋が画面を見せてくれて、初めて死んだ男の顔を拝める。高級なスーツ姿で、いかにも胡散《うさん》くさい笑顔だ。どうやら有名私学の経済学部を出ているらしい。

「パパには内緒の悪さか…。まぁ、いろいろとやらかしてそうな年頃だがな」

眉をひそめて、柾鷹はつぶやいた。

大学の一年か二年。遊びたい盛りだ。自由に使える金もあり、親が外の子供に甘いヤクザなら、それこそやりたい放題だったとしても不思議はない。

「私の方でも少し調べてみましょう。……そういえば、遙さんに警護をつけなくても大丈夫ですか?」

狩屋の言葉に、柾鷹は思わず顔をしかめた。

そうしたいのはやまやまだったが。

「今、うかつに動くとよけいに目をつけられそうだからな…」

「確かに目立つかもしれませんね。遙さんお一人の方が街には溶けこみやすいでしょうから」

狩屋もちょっと顎を撫でてうなずく。

「やっぱ、今は海外へ出てた方が安心か。……むっちゃ、嫌だがな」

柾鷹は渋い顔でうなった。

それでも、背に腹は代えられない、ということだ。

「ああ、こちらも。三枝弁護士のサイトがありますね」

狩屋がタブレットに別の画面を出して柾鷹に手渡した。

あの年で個人事務所を構えているらしい。簡素にして過不足なく、という感じの紹介ページだ。

「人権派ねえ…」

そこに出ていたキャッチコピーのような文字にせせら笑ってしまう。

「企業弁護士というわけではないんですね…」

狩屋が少し意外そうにつぶやいた。

「ヤクザの人権も尊重してくれんだろ」

そんな皮肉を口にしてから、柾鷹は重い腰をのっそりと持ち上げた。

「とりあえず、いっぺん小野瀬のツラは見てこねぇとな」

7.

「あ、朝木さん！」

待ち合わせをしたフランチャイズのカフェで橘と落ち合ったのは、連絡をとって一時間ほどしてからだった。

昨日会ってからちょうど丸一日、というところだ。

「わざわざごめん。お店は大丈夫なの？」

「今日は休みですよ。まだ立ち入り禁止だし。……ほら、あのよく刑事ドラマとかで見る黄色いテープ、張られてますしね」

「そうか」

苦笑して言われ、それもそうだ、と遙もうなずく。

「とはいっても、あそこが殺害現場とかじゃないみたいだから、明日くらいからまた店は開けられるようですけど」

やっぱり不穏な内容だと自覚しているらしく、少し声を低くしてから、飲み物、買ってきますね、と気軽に言って、橘がレジへ並ぶ。

その背中を見送りながら、遙はちらっと表の通りを確認した。

もしかして警察の尾行でもついていたらやばいな、と思ったが、それらしい姿はない。

第一発見者を疑うのが定石だとも聞くが――だったらやはり本来は自分が疑われたはずだ――「遺体がどこかから運ばれてきた」というところがポイントだったのだろう。普通に考えて、犯人がわざわざ自分の職場に運んでくるはずもない。

さすがにまだ、橘が神代会の連中に目をつけられているわけでもなく、他の…、小野瀬の子分たちが見張っている様子もなかった。

遙は少し肩の力を抜いて、カフェオレを一口飲んだ。

そもそも何もしていないのだから怯える心配はないはずだが、それでも逃亡者というのはこんなに過敏になってしまうんだな、とちょっとおかしくなる。まったく気持ちが落ち着かない。

「お待たせです」

と、しばらくして橘が、抹茶かメロンか、緑色の飲み物にこんもりとクリームがのったドリンクを持って帰ってきた。

「こんなの飲んでたら、ジムで二時間くらいよけいに走らないとですよねえ」

やっぱり若いな、と何となく感心した遙の表情に気づいたのか、橘が明るく笑ってみせる。

「そういえば昨日は、あれから大丈夫でした?」

そして太いストローで一口吸い上げてから、何気ない様子で聞いてきた。

「ホテルに泊まったよ」

「え、わざわざ？　家に帰らなかったんですか？　ジムは結構、遠くから通ってるみたいですけど…、家の人、心配してませんか？」

さらりと答えた遙に、橘が驚いたように目を丸くする。

確かに、死体を見たからといってホテルに泊まる必要は、普通ならない。

「まあ、いい大人だからね。橘くんは問題なかったの？　通報したんだよね？」

遙の方も何気ないそぶりで聞き返す。

「店長が通報して、警察に事情は話しましたけど…。やっぱりドキドキしましたよ。刑事にいろいろ聞かれるのって。でも俺が言えるのは、店に来たら死体があったってくらいだし」

橘が肩をすくめてみせる。

「もう容疑者はいるのかな？」

「さあ…、さすがにそれは教えてくれませんから。もしかしたら、俺が疑われてるのかもですけどね」

ハハハ、と軽く肩を揺らして笑う。

「あの死体、どこかから運ばれてきたみたいなんですけど、鍵を持ってる従業員は昨日の早番だった俺と店長だけなんですよ。でもトイレの窓が壊されてたから、そこから入って裏口の鍵を開けたんじゃないかって。そういや俺が来た時、裏口の鍵がかかってなかったんですよね。ゆうべの遅番が閉め忘れたのかと思ってましたけど」

「そう…」

どうやらすでに遙が容疑者候補に上がっていることは、まだ知らないらしい。

……もしくは知らないふりをしているだけか。

「オーナーの小野瀬さん…って人は疑われてないのかな？　死体の男ともめてたんだろう？」

さりげなく尋ねてみる。

「書類上のオーナーは別みたいですからねぇ。警察も小野瀬さんのことは知らないんじゃないですか？」

のんびりとした橘の言葉に、それはなさそうだな、と内心で思ったが、とりあえず店長が口を割らない限り、証明は難しいのかもしれない。

「もっとも警察の方じゃ、もう俺があの時間、あそこにいたことは知ってるみたいだけどね。防犯カメラに映ってたみたいだから」

あえて爆弾を落としてみた遙に、えっ？　と橘が声を上げた。

「あっ、そうか…。ビルの前にはないけど、表の通りだといくつかあるのか…」

そして困ったように、あーっ、とテーブルに突っ伏す。

「あの、でも、もしアレだったら俺、ちゃんと警察に言いますからっ。朝木さんがあそこにいた理由」

「まあ、いざとなったらね。そのうち聞かれるとは思うけど」

橘が遙に会っていない、という状況なら、遙はバーの中か表に隠れていたということになる。

さすがに怪しすぎるだろう。

微笑んで言うと、遙はいったんカフェオレに手を伸ばす。

そして静かに橘を見つめた。

ひと月くらい前からジムで会えば、たわいもない世間話をするようになって…、七つ、八つくらいは年下になるのだろうが、人懐っこい、感じのいい子だと思った。が、それだけの関係で、橘に恨みを買った覚えはない。

だとすると、あの場所に呼んだのは、やはり小野瀬の指示だと考えるのが妥当だ。

こんなふうに話していても、とても信じられない。橘には、ヤクザ特有の匂いというか、馴染んだ空気感がまったくないのだ。

「何ですか？」

遙の視線を感じたのか、橘がきょとんとした表情で首をかしげる。

「橘くん、ジムで会う前から俺のこと、知ってたよね？」

「え…？」

さらりと流れのままに言った遙に、橘の表情がスッ…と固まった。

「昨日、あの死体を俺に発見させたのって、わざとだった？」

「な…、まさか……。どうして、ですか…？」

橘があせったように視線をそらし、必死に言葉を探しながら聞いてくる。

突然指摘されて、とっさに否定する余裕はなかったようだ。

「さっき言ってたよね。ジムは結構、遠くから通ってるみたいだけど、って。俺はどこに住んでるか言ったことはないと思うけど」

ハッと橘が息を吸いこんだ。

そう。遙は千住の本家からは相当に離れたジムに通っている。あえて、だ。行きつけの本屋がある駅の近く。そしてもちろん、自分の住んでいる家のことなど、決して口にはしない。

「三十も過ぎた男を捕まえて、家の人間が心配してると思うのも、感覚的にはちょっとおかしいかな。俺は普通に独身に見られることが多いし…、でも俺の素性を知ってれば、そういう言葉が出たのもわかるよ」

「それは……」

橘が必死に口を動かして何か言い訳しようとしたが、うまく言葉が出ないようだ。

「小野瀬さんの指示なの？」

かまわず、遙はまっすぐに尋ねた。

それに橘が青い顔で激しく首を振る。

「ち、違います…！」

「橘くんを責めるつもりはないよ。ただ目的が知りたい。単に俺に用があるのか、それとも……組を巻きこみたいのなら、俺としても対処を考えないといけないしね」

表情を変えないまま、畳みかけるように遙は続けた。

「小野瀬さんに会わせてもらえるかな？」

「あの、いえ、俺はそんな……」

橘が必死に何か言おうとした時だった。

遙の視界の端を、ふっと何かが——遙の気を引く何かが、かすめた。

地下鉄の駅も近く、ガラス越しに大勢の人が一定の速度で歩道を通り過ぎている。

その景色の中に引っかかったかすかな違和感——だ。

車道の端に車が停まり、中から二、三人の男たちが降りてきた。スーツ姿の男やラフなTシャツ姿の男。一人はサングラス。もちろん顔は知らなかったが、馴染みのある気配だ。あたりを見まわし、ちらっと店内をうかがった気がした。

ゾクッと身体が震える。

「まずいな……」

知らず、小さく言葉がこぼれた。

「朝木さん…？」

いきなり様子が変わった遙に、橘がとまどったように顔をのぞきこんでくる。

どうやら警察より同業者——柾鷹の、だ——の方が血眼《ちまなこ》になって遙を捜しているらしい。それこそ末端まで通達して、総出で捜されてるのだろうか。

「出るよ」

短く言って、遙はカップを片手に、トートバッグをもう片方でつかむと立ち上がった。

「え？　ど、どうしたんですか？」

聞きながらも、つられるように橘も席を立つ。

「神代会が俺を捜してるみたいでね」

できるだけあわてないように歩いて、手にしていたカップをダストボックスに放りこんだ。ちらっと反対側の通りに出入り口があるのを確認する。

「か、神代会って……どうして？　だって千住も同じ……」

橘が口走ってから、ハッとしたように口をつぐむ。

やっぱり知っていたわけだ。

「同じだからいろいろ問題になるんだよ。一緒に来てくれるかな？」

「お…俺、行く必要、ありますか？」

踏ん張るように足を止め、少し強気に橘が聞き返してくる。

「いいけど、一緒にいるところを見られてれば、一人で捕まるとよけい面倒だと思うよ？　神代会の連中は俺が小野瀬の店にいた理由を聞きたいみたいだし、君も小野瀬のところの人間だと知られたらどうなるかわからないから」

「俺は…、別に小野瀬さんのとこの人間じゃ…」

「でも小野瀬の店で働いてるんだろう？」

口ごもるように答えた橘に、ぴしゃりと返す。

「それは…っ、そうですけど……」

「好きにしていいよ」

それだけ言うと、遙は足早に反対側の戸口へ向かった。

まっすぐに自動ドアを抜けて、外へ出た瞬間、背中から「おいっ、どこへ行った!?」とあせった声が響いてくる。

瞬間、振り返りもしないまま、遙は走り出した。

バタバタと足音が聞こえているところをみると、橘もついてきているようだ。

「おい、いたぞ！」

「あそこだっ！」

そんな声を少し遠くに聞きながら、遙は角を曲がって、一番近くの出入り口から目の前にあったデパートに飛びこむ。

人混みに紛れて足を緩め、ようやく少し息を整えた。無意識にシャツを摘んで、パタパタと胸に風を送る。それでも早足のまま、手近のエレベーターに乗り、いったん二階で降りた。

柱の陰に身体を寄せ、吹き抜けの二階から出入り口に視線をやると、さっきのスーツ姿の男たちがどやどやと入ってきたのが見えた。さらに二、三人、数を増やしている。

しかしこんなデパートの中では明らかに浮いていて、そうでなくともきょろきょろと挙動不審で、まわりの注目を集めてしまっている。さすがに動きにくいだろう。警備員にも連絡が行きそうだ。

「あっちだ」

小さく笑って、遙は橘に合図をすると、エレベーターホールに向かう。

館内表示を確認して降りると、上に羽織れるような薄いシャツを一枚、それに茶色の深めのキャップを一つ。さらに少し大きめのデイパックを買って、持っていたトートバッグごと、中へ押しこむ。

「変装ですか？　ドラマみたいだな」

少し余裕が出てきたのか、橘が横から眺めてちらっと笑った。

「まあ、最低限はね。橘くんもシャツくらい、色を変えた方がいいかもよ」

そんな忠告に、あー…、とうなって、手近なカーキのTシャツを選んで着替えている。

それから慎重にフロアを移動し、隅の階段を使った。地下まで下りると、食品売り場は平日だというのに客がひしめいている。ふと思いついて、遙は華やかなフルーツがのったプリンとゼリーの詰め合わせを一つ購入した。

そのまま地下鉄のコンコースへ抜けると、離れた出口から地上へ出てタクシーを拾う。場所を指定せず、いったん車を出してもらってから、ふぅ…、と一息ついた。

「小野瀬さんのところに連れていってもらっていいかな？」

有無を言わさない冷ややかな口調で、遙は隣にすわっていた橘に言った。

「あの、いえ、俺、ほんとに知らなくて……。俺から連絡とれるような立場じゃないし」

視線がまったく落ち着かないまま、橘が首を振る。

確かにそうかもしれない。

「じゃ、連絡がとれそうな人は知ってる？」

「多分…、店長なら」

「だったら店長に頼んで、小野瀬さんに連絡をつけてもらえるかな？　俺が会いたいって」

ふっと、橘が息を吸いこんだ。

「本気ですか…？　でも、小野瀬さんの方が何て言うか……」

「小野瀬さんは断らないと思うよ」

静かに答えた遙に、橘が目を見張った。

「小野瀬さんと……、面識があるんですか？」

「ちょっとね」

「で、でも朝木さんって…、――あの、いえ。……わかりました」

腹を決めたようにうなずき、橘が携帯をとり出す。

とりあえず店長に電話をして、橘が事情を説明した。とはいっても、

「小野瀬さんに会いたいという人がいるんですけど」

くらいのことしか言えないわけだが。

『……あぁ？　何、言ってんだ、おまえ。バカか』

店長が電話の向こうで鼻を鳴らした。

とりあってもらえないらしい。いかにも不機嫌な様子だが、まあ、自分の店に規制線が張られている状況では無理もないだろう。

『だいたいてめぇがやっかいごとを持ちこんできやがって、どんだけこっちが迷惑してるかわかってんのかよ？　小野瀬さんに会いたいだと？　どの口が言ってやがる。そんな身分か、てめぇみたいなザコがよっ！』

文句と八つ当たりが止まらないようだが、いちいち聞いている時間はない。

代わって、と遙は橘から携帯を受けとった。

『すみません、朝木と言います。千住の関係の者ですよ。つべこべ言わずに、とにかく小野瀬さんにどこへ行けばお会いできるか聞いてもらえますか？』

遙にしても、昨日から虫の居所が悪いというか、フラストレーションがたまっているというのか。さっきは神代会の連中に追いまわされて、とても友好的に交渉する気分ではない。

相手がぐたぐた続ける言葉をさえぎって、ピシャリと言った。

『……千住？』

ピタッ、といったん相手の声が止まり、探るように聞き返してくる。

「この番号に折り返してください。お願いします」

それだけ言うと、こちらから通話を切った。

そのまま携帯を返すと、橘が目をパチパチさせる。

「……なんか、すごいですね。意外です、っていうか、さすがって言った方がいいのかな」

ハァ…、と橘は長いため息をついた。

「別に俺はそっちの人間じゃないよ。ただ、今は段階を踏んでる余裕もないしね。……それより、橘くんは大丈夫？　あとで店長から怒られないかな？」

強攻したものの、今さらながらちょっと心配になってくる。

「あ、小野瀬さんに一言、断っとこうか？」

ボスから言ってもらっておけば、店長から文句を言われることはないだろう。

「いえ、大丈夫ですよ。多分俺…、もうあそこの仕事、辞めると思いますから」

橘がちょっと視線を落として、照れ笑いのようなものを浮かべた。

「そうなの？　大丈夫？」

普通に辞められるということは、やはり小野瀬の舎弟とか、そういう関係ではなさそうだ。ある意味、それはいいことだし、そうでなくとも、あんな事件があれば辞めたくなるのも無理はないが。

「ええ。あそこで俺の仕事はもうなさそうですしね」

どことなくさっぱりと言った橘に、遙は首をかしげた。

「ポーカーのディーラーをしてるんだっけ？　……ああ、まあ、確かに仕事はちょっとやりにくくなったかもね」

あの店が警察に目をつけられたとしたら、裏の商売はなかなか難しそうだ。さっさと撤退して、他に移す方が得策だという判断だろうか。

ええ、まあ、と曖昧に笑った橘の携帯がふいに音を立てた。店長だろう。

『住所を送る。そこへ行け』

苦虫を噛み潰したような声で、それだけ吐き出すように言う。続いてメールだかメッセージだか、着信音が短く鳴った。

橘が確認して、ようやくタクシーの運転手に目的地を告げる。

何も言わなかったが、運転手もかなり胡散くさく思っていただろう。通報されなければいいが。

遙は背もたれに身体を預け、何気なく窓から外を眺めた。

帰宅ラッシュに入る少し前くらいだろう。ひっきりなしに車が流れ、スーツ姿のサラリーマンたちが足早に歩いている。立ち止まって携帯をいじっている学生らしい姿や、観光客らしいカップル。

ありふれた日常の風景だった。昨日も今日も、おそらく明日も同じ。

遙も同じ景色を見ていたはずなのに、今はがらりと色が変わった。

昨日、千住の家を出てから、一日半。

まだそのくらいなのか…、という気もした。すでに二、三日はたっているような気がするのに。

ふだんと何の変わりもなく家を出て——、そのまま会えなくなることもあるのだ、と。

多分、いくらでもそんな状況は起こり得る。柾鷹の「仕事」では、きっと普通以上に。

覚悟はしているつもりだった。

それでも——慣れることはないのかもしれない。

8.

宇崎富夫《うざきとみお》警部補は非常に気が重かった。

勤続三十年を過ぎ、良くも悪くも組織の中での泳ぎ方は心得ている。刑事になって、所轄署をいくつか転々としてきたが、どこにいても大手柄と呼べるほどの栄誉はない代わりに大きな失態もなく、地道な聞き込みや丹念な裏付け捜査で重宝《ちょうほう》されている、というところだろう。

昔はそれなりに、刑事としてのやり甲斐《がい》や誇りもあったはずだ。

しかし十七年ほど前に離婚したあたりから、じわじわと気力を失っていた。何のために仕事をしているのかもわからなくなり、一人になった淋しさからか、しばらくは酒と女に逃げ、生活も荒れてしまった。

神代会《かみしろかい》の磯島《いそじま》から金をもらい始めたのも、その頃だった。うっかり、磯島の息がかかった飲み屋でツケをためてしまったことがきっかけだ。

あとにして思えば、うまくハメられた節はあったが、今となってはどうでもいい。

金をもらい、情報を流す。警察官の副業としてはよくある話だ。

おたがいに欲を掻かなければ、ほどよい利害関係は長く続く。刑事という仕事も、惰性《だせい》で続けているといっていい。理想や誇りもなく、出世も望まなければ気は楽だ。

定年まであと十年足らず。とはいえ、まだかなり長く、その前に停職を食らう可能性も十分にあった。それならそれで仕方がない、と思っている。

同じ神代会系の千住組《せんじゅ》は、磯島からするとかなり目障《めざわ》りな存在らしい、ということはもちろん知っていた。千住柾鷹《まさたか》は若手の中でも頭角を現していて、中堅どころの磯島からすると突き上げが厳しいのだろう。かなりあせりがあるようだ。

端から見る分には、うまく手を組みゃいいのに、と単純に思うのだが、そこがヤクザのメンツの難しさなのだろう。磯島からすると、息子くらいの年の千住に自分から頭を下げて手を組むなど、プライドが許さないわけだ。

たまに宇崎の方にも、千住の動向を探らせたり、組長の「愛人」である朝木《あさぎ》遙《はるか》の様子をうかがわせたりという指令がくる。

遙は株式のトレーダーとしてかなり優秀なようで、ここ一、二年で千住の資産を倍増させたらしく（もちろん、表向きは千住の金ではないはずだが）、神代会内をかなりざわつかせていた。つまりあちこちの組から注目の的なのだが、このところは神代会だけでなく、他の一永会《いちえいかい》あたりからも目をつけられ始めているらしい。

本人としては――おそらく千住の組長からしても、まったく不本意だろうが、おかげで遙の周辺はなかなかに騒がしいようだった。

あるいは今回の件も、そんなことのとばっちりなのかもしれないな、と宇崎としては考えている。

「どういう人間ですか？　この朝木遙、という人物は」

目的地が近づいてきたあたりで、隣にすわっていた同行者が手元の資料をタブレットで確認しながら、思い出したように尋《たず》ねてきた。

聞き込みにしても移動にしても、ふだんは電車が基本の宇崎だったが、今日はめずらしくタクシーが使えている。

というのも、今回バディを組んだ同僚――とは、宇崎の立場からはとても言えないが――のおかげだった。

タクシーに同乗しているのは、白木拓美《しらきたくみ》という警視正だ。なんと三十四歳。つまりピシッと皺のないスーツの似合う、ピカピカのキャリア組である。

本来なら参事官くらいの役職にいるはずだが、ちょうどポストの調整をはかっているところらしく、現在は捜査一課管理官。が、次の異動で警察庁での理事官だか、課長だかへの昇進が決まっているらしい。

正直なところ、こんな聞き込みに自ら出向くような立場ではない。

が、「これが最後の現場になるかもしれませんので、ぜひ後学のために。少しでも経験を積んでおきたいのです」と自ら捜査一課長に頼みこんだようだ。

警察官として素晴らしい志《こころざし》ではあるが、宇崎たち平《ひら》の刑事にしてみればもれなく、勘弁してくれよ、というげんなりした気持ちだった。

警察の捜査は通常バディシステムをとっているし、そうでなくともキャリアの管理官を一人で捜査に行かせるわけにはいかない。ただでさえ、今回はヤクザがらみなのだ。

当然ながら、白木と組みたがる刑事はいなかった。捜査に慣れているとは言えないし、堅苦しいし、はっきり言ってめんどくさい。要するにお世話係だが、何かあったら責任をとらされることになるのだ。

キャリアに取り入りたいお調子者でもいないかな、と期待したが、残念ながら手を上げる者はおらず、押しつけ合った結果、宇崎にババがまわってきたわけだった。

もともと誰と組んでもさしてやり方に——やる気には変わりなく、来る者拒まずで、文句は言わなかった宇崎だ。こんな合同捜査の際には、新人や、わりと癖のある人間と組まされることは多かった。

相棒がキャリアの警視正様とはいえ、まさか黒塗りの車を出して聞き込みにまわるわけにはいかないが、電車と足で伝統的な「靴をすり減らす」捜査をさせるわけにもいかない。ということで、今回はタクシー移動というささやかな特典がついていた。

とてもラッキー、とは思えないが、ただ白木は、よく刑事物のドラマで描かれているような鼻持ちならないキャリアというよりは、生真面目で腰が低く、柔和《にゅうわ》な雰囲気のイケメンだ。いかにも育ちがよさそうなお坊ちゃんタイプ、というのか。

確か父親も警察のキャリア組のようだから、まさしくサラブレッドのエリートだ。

童顔で年齢よりも若く、二十代後半くらいに見える。

とはいえ、さすがに頭はいいのだろう。捜査会議での指摘も鋭く、記憶力もいい。これまでに上がった報告や資料も、すべて頭に入っているようだ。宇崎のようにカンで動く古いタイプの刑事とは違う。

「宇崎さんは以前からこの男をご存知でしたか?」

ふっと視線を上げて重ねて聞かれ、宇崎は、はぁ…、と、とりあえずうなずいた。

実のところ、宇崎が朝木遙と直接知り合ったのは三カ月ほど前のことだ。

三歳の時に別れたきりの息子が遙のかつての教え子だった――とわかり、そして遙には、息子の命と未来を救ってもらった。

妻子とは十七年前に別れたきり断絶状態で、養育費も払ってはいない。何もできない父親だったからこそ、遙には感謝している。

磯島との関係を考えると利益相反《りえきそうはん》とも言えるが、……まあ、千住に、というか、遙に対しては、便宜を図っているわけではなく、ただ遙のまわりで何か問題が起きそうなら、ちょっとした忠告をしている、というくらいだろうか。もちろん、金をもらっているわけでもない。

そんな経緯で、遙のことはある程度、知っているといえば知っているわけだが。

「ええまあ。千住組の関係者ということは一応。特に組関係で表に出てくるわけではありませんがね」

いつものんびりとした口調のまま、宇崎は慎重に答えた。

「どういう経歴の人間ですか?」

「経歴…、はよくは知りませんが、以前は地方の学校で教員をしていたようですな」

「千住柾鷹とどこで知り合ったんでしょう？　大学が一緒だったとか？」

白木が熱心に質問を重ねてくる。

「千住は進学はしてなかったと思いますがね。朝木遙は…、確か京都の方の大学を出たんじゃなかったかな」

「ほう…、京都ですか」

白木が少しばかり似つかわしくない皺《しわ》を額に寄せて考えこむ。

「二人は中学、高校時代の同級生だったようですよ」

当たり障りのなさそうな事実を、宇崎は口にした。

「ああ、なるほど。しかし……、愛人というのは本当なんですか？　単にトレーダーとして使っているのを身内にも隠すために、そう言っているだけということも考えられますが」

宇崎は内心で苦笑した。

男の愛人となれば、疑いたくなるのも無理はないところだろう。しかも千住は、内外にそれを公言しているのだ。

「どうですかねぇ…。そのあたりはさすがに、寝室まで行って確認するわけにはいかんので、なんとも言えないですなぁ」

宇崎は頭を掻いて曖昧《あいまい》に答えた。

そういう意味では間違いなく、千住の組長は朝木先生に惚れているんだろうな、と思ってはいたが。

「少なくとも大きな資金源でしょうし、千住柾鷹にとっては大事な存在ということですね」

白木が納得したようにうなずく。

「そうですな」

資金源、ではない。が、大事な存在だということは間違いない。

「小野瀬《おのせ》の方はどうです？　宇崎さんから見て、どういう男でしょう？」

タブレットで画面を送って、白木が次の質問へ移った。

「アタシはマル暴じゃないんでそこまでくわしくはないですがね…。まあ、やり手ですよ。いわゆる経済ヤクザというんでしょうかね。羽振りもいいようですし」

質問が遙から離れて、宇崎も少しホッとしながら答えた。

「死んだ戸川貴弘《とがわたかひろ》ともめていたと聞きましたが？　父親を巻きこんで、かなり大きな騒ぎになっていたとか」

「ええ。でもその件は手打ちが進んでいたようですからねえ…。もし小野瀬がやったとしたら、なぜ今、この時期に、というのは不思議ですな」

宇崎自身、疑問に思っているところだ。

「何か別の目的があるということですね…」

白木が顎に手をやってうなずく。

「……ああ、そろそろですよ」

宇崎が窓からの景色を眺めて伝えると、白木がタブレットの電源を落としてカバンにしまいこんだ。

「しかし助かりましたよ。今回の宇崎さんの、新宿《しんじゅく》の事件がこちらと関係があるんじゃないか、というご指摘があって。見逃せばかなりの遠回りになったはずですからね。どうして気づいたんですか?」

わずかに身を乗り出し、熱心な眼差《まなざ》しで尋ねてくる。

新宿で吉永果穂《よしながかほ》という女の絞殺死体が見つかった事件だ。千住の組長に聞かれた件である。よくよく調べてみると、その殺された女は、小野瀬所有の店ではないが、行きつけのバーで働いており、どうやら戸川と小野瀬がもめた原因だったらしい。とはいえ、職場の女たちも黒服も、かなり口が堅く——小野瀬が関わっていれば当然だが——いまだにはっきりとしたことはわからない。

「いやぁ…、たまたまですよ」

愛想笑いで宇崎は答えた。

実際、自分が考えついたわけでもない。

千住の組長に言われて、新宿の所轄署の知り合いにちらっと電話で聞いてみただけで、宇崎としてはこちらの本部に情報を上げるつもりはなかったのだ。だが、向こうは向こうで行き詰まっていたらしく、何かつながりがあるのかと問い合わせが来てしまった。

そのおかげで少しばかり目立つことになり、それで白木のバディに指名されたのなら、千住の組長を恨みたくなる。

「アタシはもともと所属が生活安全課ですのでね…、ああいう飲み屋関係には少しばかり顔が利《き》くだけで。細かい情報が時々、耳に入ってくるんですよ」

それも嘘ではない。あとからあの界隈《かいわい》の黒服とか情報屋から、一応の裏取りはした。

「いや、さすがですよ。宇崎さんのような地道に動いてくださる警察官がいるおかげで、日本の警察は今の検挙率を保っていられるんですから。直接の逮捕にはつながらなくても、毎日の地味な捜査がどれだけ重要かは、私もよくわかっているつもりです。というより、もっと理解すべきだと考えています」

まじめな顔で言われて、宇崎は苦笑いした。

「よしてくださいよ。アタシのしていることなんて誰にでもできることですから。代わりはいくらでもいます」

ずいぶんと持ち上げてくれる。自分の足下を固めるためには、その他大勢のノンキャリアを味方につける重要性をわかっているということかもしれない。

宇崎にしてみれば、どうでもいいことだが。

「にしても、警視正も、もの好きですなぁ…。何もわざわざご自身でヤクザに会いに行かなくてもよさそうなものですが」

すでに昇進が決まっているのだし、ヘタに手出ししない方がよさそうにも思えるが。

それに白木が照れくさそうに笑った。

「私は本当は現場が好きなんですよ。子供の頃には刑事ごっこに憧《あこが》れていましたしね」

「ハハ…、まぁ、我々としては、上に立つ方に少しでも現場の苦労をわかってもらえて、もう少し給料が増えるとうれしいですがねぇ…」

「努力しますよ」

冗談交じりに言った宇崎に、白木がにっこりと微笑んだ。

とはいえ、この件をうまく解決して、ヤクザの組長の一人か二人を刑務所に送りこめればいい手柄になる。箔《はく》もつくし、昇進するにあたってのいい手土産ということかもしれない。キャリアならばそのくらいの計算はするのだろう。

タクシーが停まったのは、三階建てのこじゃれた建物の前だった。コンクリートの打ちっぱなしで、窓が少ない。塀に囲まれて、すっきりとシンプルだが要塞のようにも見える。

「朝木遙の行方はまだつかめませんか?」

車を降りながら、思い出したように白木が尋ねてくる。

「難しそうですねぇ…。昨日から自宅にも、千住の本家にも帰っていないようですし」

宇崎は落ち着いて返した。もっとも嘘はついていない。

「それはつまり…、逃亡したと考えていいということでしょうか?」

「さあ、それは。単に旅行中ということもありますからね」

千住の組長のあからさまな嘘を信じるなら、だが。

「電話番号はわかるでしょう? ＧＰＳで追跡できないのでしょうか?」

「実際にその朝木という男が関わっているかどうかもはっきりしませんしねぇ。監視カメラの角度だと、地下に入ったのか、上のどこかの店に入ったのかも判別できませんから。参考人とも言えない状況で、許可は出ないでしょうなあ…」

白々しくならないよう、宇崎は慎重に言った。

「他の店にその時間、朝木が訪ねていたという証言はなかったんでしょう？　そもそもガイシャが宮口《みやぐち》組の組長の息子で、発見現場が小野瀬の店だとしたら、その時間に千住組組長の愛人が同じビルにいたというのがまったくの偶然だというのは、あまりにできすぎている気がします」

「まぁ、確かにそうですな…」

厳しい表情で言った白木に、宇崎も同意するしかない。

千住の組長は「ハメられた」と言っていたが、だとすれば、誰が、何のために、ということが問題になる。

「第一発見者は何と言っているんですか？　時間的には顔を合わせていておかしくないのでしょう？」

「あー…、それはまだこれからの確認になりますな。その第一発見者の橘《たちばな》岳人《がくと》…、一応、彼の周辺を調べてからと思いまして」

千住の組長によると、朝木先生をハメた最有力候補らしい。

昨日話を聞いた時点では、小野瀬と直接の関わりはなさそうだったが、もう少し深く調べた方がいいのかもしれない。

なるほど、と白木が一つうなずいた。

そうする間に、建物の門前に立っていた。威嚇《いかく》するような監視カメラが二つ、三つ、角度を変えて設置されている。

小野瀬組の本家なら、そのくらいの警戒は当然だった。

インターフォンの向こうでは、すでに何人かの子分たちが息を詰めるように鳴らされるのを待っているくらいだろう。

正直、宇崎としては、白木をこんなところに連れてきたくはなかった。上に知られれば、なんでそんな危ない真似を、と大目玉を食うことはわかりきっている。

だがどうしても、と白木の方から強い要請があったのだ。

反社会勢力というものの存在を肌で感じられる機会は、今後なさそうですから、と。実像を知ることは、きっと私の将来に向けての大きな経験になります、と強い意思を持って言われると、宇崎としても拒否できなかった。

仕事熱心なのか、正義感が強いのか、単に好奇心が強いのか。

「本当に行くんですか？」

最終確認で、宇崎は尋ねた。

ええ、と引き締まった表情で建物を見上げ、白木がきっぱりと言った。

宇崎は小さくため息をつく。

まあ、少なくともこの度胸は買える——。

小野瀬組の本家ではあるが、表向きは人材派遣やコーディネート業のオフィス兼自宅——ということらしい。

当然ながら代紋や看板は出ていなかったが、しゃれた小さな表札には「ｏｆｆｉｃｅ　ＯＳ」と表記されている。

◇　　◇

一応、一階がオフィスになっているらしく、スタイリッシュな建物には不似合いな、スーツ姿のいかにも厳《いか》つい男に案内されて、宇崎たちは応接室らしい一室に通された。

しばらく待たされてから、小野瀬が気だるそうな様子で姿を見せる。

自宅の気楽さか、もしかすると直前まで女と一緒だったのか。いくつかボタンの外れたシャツ一枚で、オールバックの髪も少しばかり乱れたラフな格好だった。

目鼻立ちのはっきりとした色気のある男前だが、眼差しの鋭さから酷薄《こくはく》さがにじみ出ている。

あらためて警察手帳を提示して自己紹介をすると、小野瀬がいくぶんわざとらしく目を見開いてみせた。

「これはどうも。刑事さんとは何人かとお会いしたこともあるが、警視正殿にわざわざ足を運んでいただいたのは初めてですよ」

もちろんインターフォンを押した時にも名乗ってはいたが、確かに警視正とは思わなかっただろう。

それでも不敵な笑みで、向かいのソファにどさりと腰を下ろす。

若い男がすかさずコーヒーカップを目の前に置き、小野瀬はそれに手を伸ばした。

一口飲んでから鋭い音を立ててカップを置くと、じろり、と男をにらみつける。

「ぬるいな。淹《い》れ直せ」

「し…失礼しました！」

厳しい叱責に顔を引きつらせ、男があわててカップを下げる。

「気が利かなくて申し訳ない。刑事さんたちもおかわりはどうですか？」

小野瀬はこちらに打って変わった笑顔を向けると、丁寧に聞いてくる。

まあ、パフォーマンスのようなものだ。カップをぶん投げないだけ、まだリアリティがある。

「いえ、アタシはこれで結構」

宇崎はさらりと返し、白木も軽く手を上げただけで断った。

そしてしっかりと小野瀬に向き直る。

「今日のところは他意はありませんので、ざっくばらんなお話をうかがえると助かります。殺人事件の捜査ですので」

「警察への協力は惜しみませんよ。ふだんからね」

にこやかに答えると、尊大な様子で足を組む。

「それにしても、殺人事件ですか。ぶっそうだな」

「ええ。昨日、小野瀬さんの店で遺体で見つかった戸川貴弘についてお聞きしたいのです」

切り出した白木に、さっそく小野瀬がわざとらしく首をひねってみせる。

「私の店？　それは何かの間違いですね。ニュースで見ましたが…、ポーカーハウスですよね。私の店ではなく、まあ、何度か足を運んだことがあるという程度かな」

それについては、ここであれこれと事実認定を争うつもりはない。

「結構です。しかし戸川のことは知っていますよね？　何かもめていたとか？」

問いただした白木に、小野瀬は肩をすくめた。

「そちらもちょうど和解に向かっていたところでね。殺されたと聞いて驚きましたよ」

白々しい口調だが、手打ちが進んでいたのは確かだ。

「そのもめ事の原因というのは何でしょう？」

白木が的確に尋ねている。宇崎としても、確認しておきたかったところだ。

宇崎も、小野瀬とまともに対面するのはこれが初めてだが、やはり威圧感がすごい。それに臆《おく》することなく冷静に質問を重ねている白木に、少し感心した。さすがにキャリアというところだろうか。

「それが…、もともとたいしたきっかけじゃなかったはずだが、おたがい妙にエスカレートしてしまいましてね」

眉間に皺を寄せ、小野瀬が少しばかり困惑した表情を見せる。

それがわざとなのか、本心なのか。見極めは難しい。

「女が原因だと聞きましたが、吉永果穂じゃないんですか？　彼女も先週、遺体で見つかっていますが」

まっすぐに白木が切りこんだ。

一瞬、空気が止まる。

ほんのわずかな沈黙のあと、なるほど…、と小野瀬が小さくつぶやいたところをみると、警察はそこまで調べてきているのだ、と確認したらしい。

「単純な仮説が一つ、成り立ちます。あなたと戸川が女を争った。関係を断られた戸川が逆上して女を殺し、その報復であなたが戸川を殺した。どうでしょう？」

単純すぎるな、と思ったが、とりあえずでも、それをぶつける勇気はすごい。

ハハハッ…、と、小野瀬が天を仰いで大きく笑い出す。

「では俺が、女の復讐のために戸川を殺したと？」

「動機を考えると、その可能性もあるという話ですよ」

白木が冷静に答えた。

淹れ直して出されたコーヒーを小野瀬がゆっくりと味わってから、一度すわり直した。

「そうだな…。一つ訂正しておくと、その殺された女は確かに俺の行きつけの店で働いていたようだが、俺の馴染《なじ》みじゃない。まあ、顔は知っていたがな」

いくぶんラフになった小野瀬の口調に、なるほど、と白木がうなずく。

実際、小野瀬は女のために殺しのリスクをとるような男ではない。白木も、そのあたりはわかっていて、あえて口にしたのかもしれないが。

まあもっとも、千住の組長なら恋人が殺されたらやりかねんなぁ…、と思う。そして逃げ隠れはしないだろう。

小野瀬が記憶をたどるようにしながら、説明した。

「まあ確かに、その女がもめ事の原因とも言えるかな。戸川がその女と何か言い争いになっていたところを、うちの若いの…、ああ、従業員が見つけて止めに入ったんだよ。だがそのあとも、かなりしつこく言い寄っていたようでね。力ずくで追い払ったら、今度は戸川の……友人？　だか子分だかがこっちに因縁《いんねん》をつけてきて……、まあ、おたがいにやり合いになったというところかな」

軽く肩をすくめてみせる。

なるほど、最初は子分たちの間の小さな諍《いさか》いが、小野瀬の関わらないうちにどんどん大きくなって、収まりがつかなくなった、ということのようだ。

そのあたりは、宇崎としては納得できる。小野瀬が最初から関わっていれば、こんなに問題を大きくするはずはない。

やはり、小野瀬が女を殺された報復に、というセンはなさそうだな、と宇崎は思う。

「では、小野瀬さんはその女とはまったく関わりがないと？」

白木が突っこんで確認している。

「店で顔を合わせりゃ、酒を注いでもらうくらいだな。ああ…、最初に戸川を追い払ったあとは礼を言われたが」

「彼女から何か話は聞いていませんか？　何かの理由で戸川に殺されそうだ、とか？　戸川について何か相談を持ちかけられたとか」

「いや。……女を殺したのは戸川なのか？」

少しばかり不思議そうに小野瀬から逆に聞き返されて、白木も少しばかり体裁の悪い表情を見せる。

「それはまだなんとも」

実際のところ、それがはっきりしなければ、小野瀬が復讐のために殺した、という動機自体も成り立たないわけだ。

「ただこのところ、小野瀬さんのまわりで立て続けに人が亡くなっているようですからね。お心当たりをうかがいたいと思ったんですよ」

「まわりというほど近かないが…、まあ、迷惑な話だな」

小野瀬が渋い顔でため息をつく。

「ところで、小野瀬さんは朝木遙という男をご存知ですか？」

と、話を変えた白木に、小野瀬がわずかに眉を寄せた。

「千住の姐《あね》の？　あーと…、千住の組長がベタ惚れしているという恋人かな？」

後半は軽口なのか、にやりと笑って答える。

「ご存知でしたか」

「業界では有名人だ」

「個人的なお付き合いは？」

「あったら千住の組長にぶっ殺されてる」

小野瀬が低く笑った。

「まあもちろん、興味はあるさ。有能な男だと聞いているからな。うちへ乗り換えたいという申し出があればいつでも歓迎するね。どんな条件をつけられようと」

大げさなくらいにはっきりと言った小野瀬に、宇崎は内心でため息をついた。

なるほど、これでは千住の組長も気が気じゃないはずだ。

「その姐さんがどうかしたのか？　今度の事件に関わってるとでも？」

とぼけた口調で、こちらの捜査状況をうかがっているのだろうか。

「それをあなたにお聞きしたかったんですけどね」

白木が冷静に返した。

「どうやらあなたの…、失礼、遺体発見現場のポーカーハウスに出入りしていたのではないかと思われるので。もしかすると、あなたとお約束でもあったのではないかと思いまして」

「俺と？　そんな密会みたいな真似をするような関係じゃない。まあ、呼び出されたら俺はホイホイ乗るだろうが、向こうは断るだろうな」

小野瀬が足を組み直しながら苦笑いした。

「仮に俺が千住の姐さんをスカウトしようと思ったにせよ、死体を用意して待ってる意味はないだろ」

確かにそうなのだ。わざわざ自分の店に死体を置く意味はないし、やはりこの件に関して小野瀬が直接関わっているセンは薄い。

「何か他に目的があったとか？」

しかし白木はさらにつっこむ。

白木からすれば、小野瀬という大物を釣り上げることができれば、かなりの大手柄だ。のちのち語り継がれる武勇伝になる。それだけにあきらめきれないのだろうか。

「どんな？」

「それをお聞きしているんですよ」

「そりゃ、難癖《なんくせ》ってもんだな」

小野瀬がいくぶんあきれたように、そしてさすがにいらだったように吐き出した。

「戸川は敵も多かったし、中には俺に罪をなすりつけたいヤツもいるだろう。俺としてはいい遊び場を一つ潰されて残念に思っているんですよ。早く犯人を捕まえてもらいたいね」

確かに、あのポーカーハウスで違法賭博が行われていたのなら、よけいなことで警察に目をつけられた以上、もう使えない。小野瀬としては腹立たしい限りだろう。

厳しい指摘に、ようやく白木が大きく息をついて少し考えこんだ。

どうやら頭の中では白木なりの推測があったようだが、うまくはまらなかったようだ。

そもそも目の前にある証拠から事実を推測しなければならず、推測に証拠を当てはめていくとえん罪を招く。事務畑の官僚だと、頭の中だけで先走って捜査しがちなのかもしれない。

聞くべきことは尽きたらしく、白木がちらっとこちらを見た。

あなたも何か聞きたいことがありますか？　と促すような視線で、現場経験を重視しているのか、気をつかってもらってありがたい限りだ。

「あー…、そうですな。小野瀬さんは橘岳人という男をご存知でしたか？」

とりあえず、それを尋ねた。

「いや？　誰だ？」

いぶかしげに小野瀬が首をひねる。

「遺体の第一発見者ですよ。ポーカーハウスのバイトのようですが」

「従業員の名前はいちいち覚えちゃいないな」

あっさりと言って小野瀬が肩をすくめる。

「そうですか…」

ふうむ、と、宇崎はうなずいた。

正直なところ、それが本当なのかとぼけているだけなのかの判断はつかないが、確かに小野瀬くらいの人間が末端のバイトの名前まで知っているとも思えない。

もし小野瀬が橘に命令して朝木先生をあの場所に呼び出したのだとしたら、何が目的だろう？

それがまったく思いつかない。

朝木先生に殺人の罪を着せたとして、それで小野瀬の利益になることがあるとも思えない。千住組をわざわざ巻きこむだけで、むしろ不利益しかないように思う。

と、その時、宇崎の懐《ふところ》で携帯が低いバイブ音を立てた。

相手を確認して、ちょっとすみません、と立ち上がり、形ばかり部屋の隅へ移動する。

「はい、宇崎ですが」

捜査本部からで、しかも一課長からだった。ふだん宇崎の携帯などにわざわざ連絡してくることはないのだが、まあ、今は白木がバディだからだろう。何かわかったらすぐに連絡を、と白木が頼んでいたこともあり、しかし直接白木にはかけづらく、結局宇崎が間に入ることになる。

「えっ…、睡眠薬ですか？」

しかし告げられた事実に、思わず声がこぼれてしまった。あまりにも予想外だったのだ。

「……わかりました。伝えます」

短いやりとりで電話を終え、頭を掻きながら宇崎はソファへもどる。

「どうしました？」

さすがに気になったようで、白木が急いて尋ねてくる。

宇崎はちらっと小野瀬に視線をやったが、迷った末に口を開いた。

「解剖で戸川の死因がはっきりしました。睡眠薬の過剰摂取だそうで」

え？　と白木が目を見張る。

「睡眠薬？　店長からちらっと聞いたところじゃ、頭を殴られたとか言っていた気がしたがな」

聞きつけた小野瀬が意外そうな表情を見せる。

「頭の傷は倒れた拍子にどこかにぶつけたもののようですねぇ。現場はあのポーカーハウスじゃありませんが」

睡眠薬を大量に飲ませるなどというのは、ヤクザのやり方ではない。違法ドラッグならまだしも、だ。

はぁ…、とあからさまなため息をつき、宇崎はいかにも難しい顔で首筋を撫でた。

「困りましたなぁ…。戸川が見つかったのが自宅か会社なら、女を殺したあと自殺、ということで片付いた可能性もあるんですが」

「自分でクスリを飲んだあと、ゾンビになってあの店まで出かけたわけじゃあるまいしな」

小野瀬がおもしろそうに笑う。

やはり小野瀬は、少なくともこの殺しとは関係なさそうだ。

誰かが意図的に小野瀬の店に遺体を運んだ――。

「どうも、お時間を取らせまして申し訳ありませんでした」

厳しい表情で白木が立ち上がった。宇崎もあとを追うように腰を上げる。

「また何かありましたらいつでも」

鷹揚《おうよう》に言って、小野瀬はすわったまま見送った。

軽く顎を振ると、部屋の隅に直立していたスーツ姿の男がドアを開ける。

その男に先導されて、白木がまっすぐに玄関へ向かい、宇崎はそのあとにいくぶんのんびりと続いた。

小野瀬が関係ないとしたら、どうなるのだろう？

朝木先生と、小野瀬と、まったく関係ないところで二人が巻きこまれたということなのか？

のろのろと歩きながら、宇崎は知らず額に皺を寄せる。

そういえば、戸川の過去——十五年前のことを、千住の組長が気にしていた。まだそこまで手がまわっていなかったが、そちらを少し調べてみた方がいいのかもしれない。

そんなことを考えていると、ふいにギッ…、と小さく扉が軋《きし》む音がすぐ後ろで聞こえた。

部屋数は多く、子分たちが出入りしているなら別に不思議なことではない。

宇崎が振り返ったのも、何となくに過ぎない。

が、その扉の隙間から見えた人影に、宇崎は目を剝《む》いた。思わず足が止まる。

——あ…、朝木先生？

向こうも宇崎に気づいたようで……というより、あえて存在を知らせたかったのかもしれない。

合図するように顎を引き、ほんの小さく頭を下げる。

驚いた。こんなに驚いたことは刑事になって初めてかもしれない。顎が落ちそうになっていた。

「宇崎さん？　どうかしましたか？」

玄関扉を若衆が開いた状態で、振り返った白木が少しいらだったように呼びかける。

「いや、なんでも。……豪勢な暮らしぶりですなぁ」

宇崎はわざとらしくあたりを大きく見まわしながら玄関へ急いだ。

さすがに二人がグルだとか、小野瀬が朝木先生を匿《かくま》っているなどとは思えない。だとしたら、宇崎に顔を見せるはずもない。

つまり……、朝木先生も小野瀬に話を聞きに来た、ということだ。小野瀬が関わっているのかどうかを確認に来た。

一人で、ここに乗りこんできたのだ。

千住の組長が知っていれば許すはずもないし、朝木先生自身、今の自分が置かれている立場を十分に理解しているはずだった。

警察に対してマズい、というのはもちろんだが、それ以上に、千住の「女」としてマズい。

千住が手打ちを進めている中で、当事者の片割れが殺され、もう片方が疑われ、そこに自分も巻きこまれた。

つまり千住柾鷹の関与が、神代会の上層部に疑われる可能性がある。それを懸念しているのだろう。

それにしてもさすがの度胸だ。

カタギじゃない……と言ってしまうと語弊《ごへい》があるのだろうが。

――いやはや、まったく……。

感心したのが半分、そして千住の組長の心中を察し、宇崎は深いため息をついた。

9.

「今日はめずらしい客が多いな」

宇崎たちを見送ってから、小野瀬が薄く笑って言ったのが耳に届いた。

それを合図のように、遙は宇崎たちが出たのとは別の、応接室の奥にあったドアを開いて中へ入っていく。

後ろから橘がおずおずとついてきた。さすがに怯えた、落ち着かない表情であたりを見まわしている。

テーブルの上にすでに先ほどの来客の痕跡はなく、失礼さっす！　と折り目正しい様子で、若いのが一人、遙たちや小野瀬の分も一緒に新しいコーヒーを運んできた。

このあたりの空気感は千住でも馴染みがあるが、こちらの方がもう少しピシッと緊張感がある。

やはり組長の威厳の違いかな、と遙は内心でちょっと笑ってしまった。

まあ、遙としては少しばかり気が抜けるくらいがありがたい。部屋住みの子たちも、愛嬌《あいきょう》があって可愛いと思える。

「警察も千住も宮口も…、今日はどこもいそがしそうだ」

小野瀬が密《ひそ》やかに笑い、顎でさっきまで宇崎たちがすわっていたソファへ促す。

遙たちが小野瀬を訪ねて――入ったのは裏口からだったが――、ちょうど話し始めようとした時、宇崎たちの来訪が知らされたのだ。それでいったん隣の部屋へ移って、話を聞かせてもらっていた。

内容的には遙の聞きたかったことと重複するところもあったし、新しい情報も聞けてちょうどよかったと言えるだろう。

「……ああ、そうか。おまえが橘とかいうバイトか」

そして納得したように、小野瀬がじろりと橘を眺める。

「は、はい……」

デイパックを足下に置いてすわった遙の隣で、橘が浅く腰を下ろし、息を詰めるようにうなずいた。

さっき刑事にも言っていたが、やはり小野瀬は橘のことを知らなかったようだ。

ということは。

「小野瀬さんが橘くんに指示して、俺をあの現場に誘い出したわけじゃないんですね？」

遙はあらためて尋ねた。前提として、一番、確認したかったことだ。

「あそこに死体があることも知らなかったよ。迷惑な話だ」

背もたれに身体を預け、ため息とともに小野瀬が吐き出す。

「手打ちを流したけりゃ、戸川を殺すだけで十分だ。わざわざあんたをハメなきゃいけない理由はない。あんたを警察に売りたい理由もねぇし、千住にケンカを売りたい理由も、ま、今のところはねぇしな」

小野瀬が低く笑った。

やはり刑事に対するよりは、ずっと率直で端的な答えだ。

まあ、それを信じるかどうかは別問題だが、それでも小野瀬の表情からすると嘘ではない気がする。話のスジも通っている。

すでに手打ちが決まっている段階で、小野瀬が戸川を殺すメリットはないのだ。

「なぜわざわざ他で殺して、あの場所に戸川の死体を運んだんでしょう？　理由がわからないですが」

「俺もだよ」

遙の問いに、小野瀬があっさり肩をすくめる。

じゃあ、本当に偶然なのだろうか？

あの場所に遺体が置かれたのも、遙がたまたまあの場所に行ったことも。

「さっき聞いたところじゃ、戸川は睡眠薬を大量に飲んで死んだようだ。あいつを殺したいヤツはあちこちにいるだろうが、ま、ヤクザのやり口じゃねぇな」

そんな小野瀬の言葉が頭をまわり、ハッと遙は気づいた。

「ヤクザじゃないとすると…、つまり普通の、カタギの人間ということになる」

無意識に小さくつぶやく。

あたりまえの結論だが、意外と重要なポイントに思えた。

つまり動機は、ヤクザ間のいざこざではない、ということだ。

しかも睡眠薬ということは……。

「犯人は自殺に見せかけたかったんでしょうか?」

首をひねり、遙は誰に聞くともなく口にした。

「戸川は自殺するようなタマじゃねぇけどな」

小野瀬が冷笑する。

「まァ、だがその前に女が殺されてるところから考えると、戸川が女を殺して自殺した、というセンも出るんだろうな」

「警察にそう結論づけさせたかった……」

「だったらわざわざ死体を移動させたりはしねぇだろ?」

考えながら言った遙に、小野瀬が指摘する。

「つまり…、犯人と、遺体を運んだ人間は別、ということもあり得るのかな…」

「あー…、なるほど」

ふと浮かんで口から出た遙の言葉に、小野瀬が目をすがめ、小さくうなずいた。

犯人と、移動させた人間が別——というのは初めて出た視点だったが、それなら移動させた理由はわかる。

いや、理由はわからないが、そのまま自殺で片付けさせたくない、という意思があったのかもしれない。そして動機を、ヤクザがらみのいざこざに見せかけたかったのか。

とすれば逆説的に、犯人も遺体を動かした人間もヤクザではない、ということになる。

「なぜだかわからないが、その死体を運んだ人間はわざわざ俺とあんたを巻きこんだ。いや、千住を、かな？」

宝くじのような確率の偶然でなければ、そうだ。そして遙個人ではなく、千住を巻きこみたかったのだろう。遙を巻きこめば、否応なく柾鷹は動く。

小野瀬と、自分を――千住を巻きこみたかった。つまり。

「つまりあそこに戸川の死体を置いたのは、小野瀬さんと戸川との関係を知っていて、あの店が小野瀬さんの所有だと知っているカタギの人間、ということになりますね」

遙は自分の言葉を確認するようにゆっくりと言った。

「その上、あんたと千住の関係を知っている人間、だな」

それに小野瀬が続ける。

「警察とこっちの業界の人間なら、俺と戸川の関係や店のことはある程度は知ってるだろう。カタギだと、……まあ、店の中の人間くらいだろうな。だがその中で、あんたが千住の人間だと知ってるヤツがいるのか？」

小野瀬は首をひねったが、遙には心当たりがある。

なにより、遙をあの場所に呼ぶことができた人間――だ。

「橘くん」

ふっと、遙は視線を隣へ向けた。

ビクッと橘が身体を震わせる。顔が引きつり、視線が落ち着きなくさまよっている。

橘は、遙が千住の人間だということを知っていた。小野瀬に聞いたのだろう、と普通に思っていたのだ。だが小野瀬が橘を知らなかったとしたら、橘はなぜ知っていたのだろう?

――カタギの人間が。

「君があの遺体を店に運んだのか?」

淡々と感情を交えず尋ねた遙に、橘が弾かれるように立ち上がった。ガタッ、とテーブルに膝をぶつけたようだが、痛みを感じる余裕もなさそうだ。

「お、俺…っ、あの……」

顔はすでに真っ青だった。逃げ場を探すようにあちこちと顔を動かしたが、扉や部屋の四方には若い連中がまっすぐに立っていて、隙もなく橘を見つめている。

「ほお…? そのスジの人間には見えねぇがな。誰に頼まれた?」

小野瀬がゆったりとソファの肘掛けに肘をつき、鋭い眼差しで橘をにらんだまま、冷ややかに尋ねた。

決して脅すような声ではないが、それだけに背筋に刃物を突きつけられているようだ。

警察と違って、ヤクザは事実の認定に物証を必要としていない。小野瀬には橘の、その表情だけで十分だったのだろう。

「小野瀬さん、待ってください」

遙はとっさに橘をかばうように、片手を橘の前に伸ばした。

それでも遙には、橘がそれほど悪い人間には思えない。目的があって、自分に近づいてきたにしても。

「落ち着いて」

静かに言うと、遙は橘の肩にそっと手を置いた。そのまま わずかに押すようにして、もう一度ソファにすわらせる。そして冷静に尋ねた。

「君が、戸川を殺したのか？」

「ちが…、違うんです……！　俺…、あの」

橘が遙を見上げて、ものすごい勢いで首を振った。しばらく迷うように指を動かしていたが、ようやく顔を上げる。

「聞いて……もらえますか？」

すがるような真剣な眼差しだった。

うん、とうなずいた遙に、橘が深呼吸する。そしてスッと、視線を小野瀬に向けた。

「その前に一つだけ、小野瀬さんにおうかがいしたいことがあるんです」

勇気を振り絞るようにして尋ねた。

「なんだ？」

ちらっと遙を見てから、小野瀬が短く答える。

「小野瀬さんは……、戸川とは、古くからのお知り合いでしたか？」

かすれそうになる声を、必死に橘は押し出した。

「あぁ？」

小野瀬が眉を寄せる。

機嫌はよくなさそうだが、つまらない質問でも答えた方が話が早いと理解しているのだろう。小野瀬は脅す場面と引く場面をしっかりと計算している。

「古くからってのがどのくらいかは知らねぇが、俺が戸川を認識したのはついこの間だ。はじめは宮口の息子だってのも知らなかったしな。オヤジの方は、まあ、昔から知ってるといや知ってるが、特に交流はなかったな」

「そう、ですか……。じゃ、やっぱり小野瀬さんじゃないんですね」

橘がわずかにうつむいて小さくつぶやく。

何がだ？　と、遙はちょっと首をかしげた。

しかしあえて急かさずに待っていると、橘がようやく顔を上げて言った。

「殺したのは…、俺じゃないです。戸川の自宅で死んでるのを見つけただけで。……ほんとは殺したかったけど。俺…、姉が十五年前、戸川に殺されたんですよ」

絞り出すような言葉に、遙はわずかに目を見開く。

ほう、とちょっとおもしろそうに小野瀬がつぶやいた。

「十五年前……」

遙は無意識に口の中で繰り返す。

とすると、その頃、橘は十二、三歳くらいだろうか。思春期まっただ中で、かなりの衝撃だっただろう。

「戸川は捕まらなかったのか？　それとも、もう出所したということ？」

量刑の軽さに気持ちが収まらなかった、ということだろうか。

そうも思ったが、橘は首を振った。

「姉の死は事故で処理されたんです。実際、直接の死因は車にはねられたことなので」

思い出したように、橘の表情が険しく強ばる。

「当時姉は大学生で…、同じ大学の戸川にずっとつきまとわれてたみたいで。断ってたんですけど、あの晩、姉は戸川たちに襲われて……、暴行されかかって必死に逃げ出して、追いかけられて、……それで車の前に飛び出したんですよ」

橘の膝の上で握られた拳《こぶし》が小さく震えていた。

「どうしてそんなことがわかる？」

小野瀬が口を挟む。

「事故の少し前に電話があったんですよ。その時、誰かにつけられてるみたいだ、って言ってて。戸川かも…、って」

「それだけか？」

冷淡な小野瀬の言葉に、橘が唇を噛んだ。

気の毒だが、確かにそれだけではなんとも言えない。

「姉の服が…、不自然に乱れてたし、ずっとつけてたペンダントもなくなってたし。絶対におかしいって警察には言ったんですけど、とりあってもらえなくて。あっさりと事故で片付けられてしまったんですよ」

悔しげに、橘の顔が歪む。

「戸川たち、って言ってたね？」

ふと尋ねた遙に、橘がふっと向き直ってうなずいた。

「納得できなかったから、すぐ近くのコンビニの防犯カメラを見たんです。あの、バイトで潜《もぐ》りこんで、こっそり」

なかなかに行動的だ。

「そしたら、男が三人、姉のあとを追いかけてきたのが映ってたんですよ。姉が…、跳ね飛ばされたあとも近づいて、様子を見てて。暗くて顔ははっきりしなかったけど、一人が戸川だったのは間違いないんです！」

泣きそうにかすれた橘の声が、最後は歯を食いしばるように言った。

「それ、警察には言わなかったの？」

「むしろ、止めようとしてたんじゃないのか、って。あいつら、面倒なことはさっさと片付けたいって態度が見え見えで…、でも運転手が通報して、警察が来た時には三人とも消えてたから、絶対怪しいんですよ！」

「ひどいな…」

声を振り絞った橘に、遙も思わずつぶやいた。

「で、戸川に復讐したってわけか？　十五年もたって」

小野瀬がいくぶんだるそうに聞いた。

「俺じゃないです。でも復讐するなら三人とも、って……思って。三人で姉を襲ったんですよ。どこかに連れこんで、乱暴しようとして。同罪ですよ」

思い出すのも嫌なのだろう。橘が自分の腕をつかみ、ぎゅっと目をつぶる。

「だからあとの二人をずっと調べてて…、でも大学時代の戸川の悪い仲間って多くて、ずっと絞れないままだったんです」

だろうな、と小野瀬が低く笑う。

「でも最近になって、吉永果穂って女が戸川に近づいていたのがわかったんですよ」

「先週殺されたっていう？」

少しぞくりとするものを感じながら、遙は確認した。

「はい。戸川はその女に脅されてたらしいんですけど、吉永果穂って、姉の大学の友人なんですよ。だからもしかしたらその女が…、戸川に頼まれて、あの晩、姉をだまして呼び出したのかもしれないと思って。友達とご飯の約束があるって言ってたし。あの女、葬式に来た時、ものすごい泣いてたんですよね。姉が死んで罪悪感はあったかもしれないけど、でもたとえば今金に困ってて、戸川を脅すことを思いついたんじゃないかって」

確かに、スジの通る話だ。

「それで逆に戸川に殺されたということ？」

「多分…」

尋ねた遙に、橘がうなずく。

「カタギの女がヤクザを脅すとはなァ…」

小野瀬がせせら笑った。それに、橘が顔を上げてつけ足す。

「戸川がヤクザだって知らなかったんじゃないでしょうか？　大学時代からの知り合いだし、大学でヤクザの息子だとは自分からは言わないでしょう？」

「ま、確かにそうだな。戸川は宮口の外の子供だし、表向きはカタギの会社社長だったしな。……ああ、なるほど」

と、何かを思い出したように、小野瀬が顎を撫でる。

「あの女…、吉永果穂だったたか、店で顔を合わせた時に、何か相談したいことがあるとか言ってた気もするな。話半分にしか聞いちゃいなかったが」

「戸川がヤクザの息子だとわかって、怖くなったのかもしれないですね」

遙もうなずいた。

「そういうネタはもっと早く教えてもらえりゃ、やりようはあったがな」

小野瀬が少し残念そうに舌打ちした。

確かに、殺人——この場合は、どういう罪状にあたるのだろう？　たとえば、傷害致死なら公訴時効は二十年だし、強制性交等致死を適用するなら三十年、だっただろうか。

戸川としても、表沙汰になればマズいことになる。

……復讐を望んでいる者に関しては、時効は関係ないだろうが。

「ああ、そうか」

と、何か思いついたように小野瀬がうなずいた。

「まさか、俺がその三人のうちの一人だと思ってたのか？」

ちろっ、と小野瀬が意味ありげに橘に視線をやる。

「あの、最近、戸川が関わった人間を調べてて…、女に脅されたとしたら、他の二人にも連絡はとるでしょう？」

その考え方自体は、おそらく正しい。

が、ハッ、と小野瀬が吐き出した。

「俺は戸川ともめてたんだ。だいたい年も違うだろ？」

「仲間割れかもしれないって…。仲間というのも、他は社会人かＯＢかもしれないですし」

おずおずと橘が言う。

小野瀬が不機嫌に鼻を鳴らした。

「それで手打ちまでの騒ぎを引き起こすかよ」

小野瀬の言いたいことはわかる。手打ち式というのは、本当にあちこちの組、あちこちの組長を巻きこんだ、かなり大がかりな儀式なのだ。金も動くし、メンツにも関わる。たかが仲間割れのケジメにするものではない。

「で、わざわざ店に死体を運んだのか？」

感情のない声で、小野瀬が確認した。

「死体が違う場所で見つかったら、犯人も動揺するんじゃないか、って」

橘が頭を下げたまま、小さく言う。

「ああ、じゃあ、戸川は口封じか……」

少し納得して、遙はうなずいた。

つまり、残りの仲間ふたりのどちらかに、口封じで殺されたと思ったのだろう。

そして実際に、その可能性は高い。今回はもう一人、女も殺されているのだ。十五年前の事件を完全に葬《ほうむ》りたい人間がいるということだ。

もし小野瀬が仲間の一人だったとして、自分が戸川をマンションで自殺に見せかけて殺したのに、自分の店に死体があったら、確かに驚くだろう。

「ふざけるなよ…、ガキが」

小野瀬が低くうなった。

「す、すみません」

ビクッと身をすくませ、橘が唇を噛みしめて頭を下げる。

小野瀬は戸川の仲間ではない。しかしもし、小野瀬が仲間の一人だったとしたら、橘は小野瀬を殺そうと思っていたのだろうか？　それだけの覚悟で遺体を運び、それを確かめるために遙についてここまで来たのだろうか。

気持ちはわかるが、とてもそんなことができるとは思えない。

「俺を巻きこんだのはどうして?」

そっと息を吐き、遙は尋ねた。

まさかもう一人の仲間が遙だと思っていたわけではないだろう。戸川という男とは、生きている間、一度も接点はなかった。

「それは……、千住の組長を関わらせたくて」

「だろうな」

素っ気なく小野瀬がつぶやく。

橘が少し申し訳なさそうな顔で続けた。

「戸川と小野瀬さんの手打ちを千住の組長がやるって聞いたので、もし千住組の組長がぞっこんだっていう噂の愛人…、あ、すみません、恋人が犯人だと警察に疑われたら、きっと全力で真犯人を捜すんだろうな、って。そうしたらもう一人も見つかるかもと思って」

そんな言葉に、遙はちょっとくらっとした。

——噂……? どこのだ?

小野瀬が額に手を当て、顔を伏せて、低く……笑っている。肩を震わせて。

やがてこらえきれないように、大きく笑い出した。

その様子に、黙って立っていた子分たちがビクッと背筋を伸ばす。

「難儀だなァ、千住の組長も。……いや、本当に難儀なのはあんただろうが」

腹を抱えて笑いながら、小野瀬が言った。

――やっぱりあの男の責任なのだ。

むっつりと遙は思った。

帰ったら――柾鷹のもとへ帰ることができたら、きっちりとふだんの言動を確認しないといけない。

「それにしてもおまえ、ずいぶんとこっちの事情にくわしいじゃないか。どこで情報を集めてるんだ？」

ようやく笑いを収め、いかにも何気ない様子で小野瀬が尋ねている。

それにふっと息を吸いこみ、橘が二、三度瞬きした。

「それは…、くわしい知り合いがいるんですよ。俺もずっと戸川のことを調べてたので」

これまでと違い、腹に力をこめてはっきりと答えた。

つまり、それについてはしゃべる気はない、ということらしい。

小野瀬ならしゃべらせる方法はいくらでもありそうだったが、なるほど、と返しただけだった。

まあ、そこまでの興味もないし、これ以上、関わる気もない、ということかもしれない。

実際に小野瀬からすれば、戸川との手打ちが流れた以上、関わる意味はない。橘がこれ以上、小野瀬に対して何かするわけでもないだろう。

「……とにかく、あとはこちらの問題のようですね」

ため息交じりに言った遙に、小野瀬が軽く肩をすくめてさらりと返した。

「そうだな。別に、もともとあんたの問題でもなかったはずだがな。もちろん、俺の問題でもないが」

冷ややかな、しかし明らかな皮肉に、橘が顔を伏せて唇を噛む。

確かに、遙も小野瀬も、勝手に巻きこまれただけと言える。しかし片をつけないことには、遙も身動きできないのだ。

海外へ出てしまえば、おそらく自由に過ごせるのだろうが、それはただ誰かに――柾鷹に後始末を押しつけているだけに過ぎない。

「理不尽を通しているのがヤクザですからね。自分に火の粉が飛んできたからといって、噛みついてもしょうがない」

これからもきっと、四方八方から火の粉は飛んでくるのだ。自分で振り払っていく覚悟は必要だった。

そこで生きると決めたのだ。

淡々とした遙の言葉に、小野瀬がわずかに目をすがめた。

「……なるほど。ま、うちが被《こうむ》った迷惑分はきっちり返してもらうけどな」

明らかにただですませるつもりはない、という小野瀬に、橘がわずかに息を詰めた。

が、それも仕方がない。自分のしたことの責任は、自分でとるしかない。

「千住の本家へは帰ってないのか？」

失礼します、と席を立った遙に、小野瀬が何気なく尋ねた。

「ええ。しばらくはホテルを転々としようかと」

「なんなら、うちに泊まってもらってもいいんだが？　部屋は空いてる」

「遠慮しておきますよ」

冗談だろう軽い言葉に、遙も笑って返した。

ただでさえ、遙と小野瀬との関係――色っぽいものではなく、むしろ政治的なことだろう――が神代会から疑われている時だ。遙が今、ここにいることが知られてもやっかいなはずだ。

もちろん、言い訳でなく、きちんと釈明できるとしても。

「突然お邪魔して申し訳ありませんでした」

「いや、あんたと会うといつも笑わせてもらえるからな。楽しいよ、まったく」

一礼した遙に、小野瀬がおもしろそうにくっくっと喉を鳴らす。

別に笑わせるつもりはないのだが、そういえば、小野瀬と会った時はいつも爆笑されている気がする。もっとも会ったのは、まだ二度目だったが。

「千住から乗り換える気になったら、いつでもうちに来てくれ。あんたを満足させる男のカラダが必要だというんなら、善処するしな？　ご指名いただければ俺がお相手してもいい」

そんな小野瀬の言葉に、後ろに立っていた側近らしい男がぐほっ、と一瞬、息を詰まらせる。

「間に合ってますよ。では」

それに素っ気なく遙は返した。

そのまま帰ろうとしたのだが、ふいに思い出して足を止める。

「そうだ。一つ、お願いしてもいいですか？」

「なんなりと」

振り返って言った遙に、小野瀬がいくぶんおどけたふうに答える。

「携帯を一つ、しばらく貸してもらいたいんですが」

ああ…、と察したのだろう。

小野瀬がうなずいて、片方の手のひらを上に、軽く指を動かしてみせる。

その合図に小野瀬の後ろに立っていた男が素早く動いて、いったん部屋から出た。

「いいね。あんたにお願いされるのは妙にゾクゾクする。千住の気持ちがちょっとわかるな」

顎を撫でながらにやりと笑って言われ、遙はげっそりして返した。

「何の気持ちですか…」

妙なところで通じなくてもいい。

「ま、あんたにはご丁寧に手土産ももらったことだしな。若いのが喜んでる」

おもしろそうに小野瀬が続ける。

そういえば、デパートでプリンを買っていたのだ。突然の訪問なので気を遣ったのだが、ヤクザからすればめずらしかったかもしれない。

ほんの一、二分で男はもどってくると、片手に携帯を一つ持っていた。

「中は空です。未使用ですので」

いわゆる飛ばしの携帯、というやつだろうか。

受けとった小野瀬が、一応、中をチェックしているのかと思ったら。

「俺の連絡先だけ入れといたよ。千住が嫌な顔をするのを想像するだけで楽しいな」

「用がすんだらすぐに返しますよ。ありがとうございます」

楽しげに差し出され、遙はあえて無表情なまま受けとった。

あまり借りを作りたい相手ではないが、仕方がない。

「あ、あの…、すみませんでした」

後ろで橘が小野瀬にぺこっと頭を下げ——もちろんあやまってすむ問題でもないが——急いで遙のあとを追ってくる。

いわゆる部屋住みだろう、若い男に案内されて、やはり来た時と同じ裏口から外へ出た。

ようやく緊張の糸が切れたのか、ハァ…、と橘が大きく息を吐き出す。そしてあらためて遙に深く頭を下げた。

「あの、ほんと、すみませんでした…」

「もういいよ、とは言えないけどね」

遙もため息をつく。

だが何にしても、遙と橘が捜している人間は同じなのだろう。

戸川を殺した犯人。……おそらくは、十五年前の仲間だ。

それにしても一つ、遙には気になっていることがあった。

「その十五年前の仲間を捜すのに、どうして柾鷹…、千住を巻きこもうと思ったんだ？　確かに手打ち式の仲裁で、戸川と小野瀬に関わってはくるけど、別にあいつは人捜しが得意なわけじゃない」

「それは……」

少し言い淀んでから、橘が思いきったように顔を上げた。

「多分、戸川の仲間の一人は…、神代会の人間です」

「神代会の？」

遙はわずかに眉を寄せた。

「『なんで手打ちの仕切りが千住なんだよ？　おまえんとこじゃなかったのか』って。戸川が電話で怒鳴ってるのが聞こえたことがあったんですよ。まだ女が殺される前かな」

なるほど「おまえんとこじゃなかったのか」と言っていたなら、相手は神代会に属するどこかの組だと思える。

「聞こえたって…、どこで？」

「えーと、飲み屋の外だったかな。戸川が飲んでるとこ、俺もちょこちょこ、あとをつけたりしてたから」

十五年計画ともなると、橘も時間をかけて下地は作っていたのだろう。小野瀬の行きつけを調べて、飲み屋でバイトもして。小野瀬の店で働き始めたばかりだと言っていたが、それも小野瀬に当たりをつけて調べ始めたからかもしれない。

「『どうするよ、誰がやるか、三人でじゃんけんでもするか？』ってケンカ腰で言ってたんです。『あいつ、俺たちにやらせる気だろうな』って。『俺たちにならいくらでも汚い仕事を押しつけられると思ってやがる』って」

「仲間割れ寸前だな」

遙は短く息をついた。

実際、戸川が殺されたのなら、すでに割れているが。

「だから、戸川の遺体を朝木さんが見つけたってことになったら、仲間の男はすごいパニクると思うんですよ。もしそいつが戸川を殺したんなら、どうして遺体がそんなところに動いてるのか、って驚くだろうし、しかもどうして朝木さんが関わってきてるのか、って。千住組が何か知ってるのかもって、疑心暗鬼になってるかもしれないですし」

「まぁ…、平静ではいられないだろうな」

巻きこまれた当事者としてはいい迷惑だが、確かによく考えられている。

「おそらくそいつは、柾鷹のところに様子をうかがいに行くだろうしね」

橘が大きくうなずく。

「だから、千住の組長なら見極められるのかな、って」

違和感は覚えるだろう。その手の気配には敏感な男だ。

「それで…、橘くんはあとの二人を見つけてどうするつもり？　殺すの？」

淡々と尋ねた遙に、橘がハッとしたように大きく目を見張った。

「殺せるの？」

10.

とりあえず、小野瀬のところにカチコミをかけようかと思っていた柾鷹だったが、その前に神代会会長代行から緊急の呼び出しを受けてしまった。

まあ、話の内容についてはだいたい想像がつく。

日が落ちるくらいから鎌倉《かまくら》へ出向いた柾鷹は、正式に手打ち式の延期を告げられた。

「延期…、ですか？　取りやめではなく？」

今回は訪れたのが柾鷹一人だったため——とはいえ狩屋《かりや》も同席していたし、代行の方には側近の高園《たかぞの》の他に二人ほどがついていたが——広間ではなく、もっとこぢんまりとした和モダンな応接室だった。

重厚な無垢のテーブルを挟み、代行と柾鷹だけが向かい合って腰を下ろしている。

「今のところは、だな。そもそも今回の手打ちは小野瀬組と宮口組の間のことだからな。当事者だった戸川という男が死んだにせよ、表だっては関係ない。とはいえ、宮口が小野瀬の関与を疑っている限り、手打ちをする気にはなれんだろうしな」

ちょっと首をひねって聞き返した柾鷹に、代行がのんびりとした口調で、しかし理論立てて説明する。

「ははぁ…、なるほど」

宮口のあの剣幕ではすでにないものと思っていたが、考えてみれば、そうだ。発端となったのが戸川だったにせよ、エスカレートしていく過程で戸川がオヤジである宮口組の人間を使って報復したため、結果的に小野瀬組と宮口組の若い連中の間でのいざこざになったのだ。そもそもの原因を知らないヤツらもいるだろう。

「まだ双方に伝えてはおらんが、別に文句は出んだろうからな」

「わかりました」

と、軽く頭を下げて柾鷹も素直に了承する。そして顔を上げると、ニッと笑って尋ねた。

「で、ご用件はそれだけですか？」

遠回しに探られるくらいなら、こちらから話を振った方が早い。実際、柾鷹に探られて痛い腹はないのだ。警察相手でもない。

そんな柾鷹に、代行の皺の刻まれた口元が小さく笑った。

「ああ…、そういえば何かうるさく言ってきとったヤツがいたかな？」

そしていかにも今思い出したように、代行がすぐ後ろに立っていた高園を肩越しにちらりと見上げる。

三十代なかばだろう。軽くウェーブのかかった柔らかな髪に、華奢《きゃしゃ》な体格。片耳にブラックダイヤの小さなピアス、白の手袋、というのがトレードマークのしゃれた男だった。

常に代行と行動をともにしているようだが、体格からすると、ボディガードというよりは事務方の最側近だろう。控えめで口数は少ないが、かなり頭のキレる男だ。

顔を上げた高園が、いつものアルカイックな微笑みを浮かべたまま、まっすぐに柾鷹を見つめてくる。

「はい。なんでも千住の姐さん…、失礼、顧問でいらっしゃる朝木さんが、戸川貴弘を殺した最有力容疑者になっているとか、遺体発見現場である小野瀬組長の店に朝木さんが通っていたのなら、朝木さんと小野瀬組長が裏で通じているのではないか、とか…、そんな危惧をされている方がいらっしゃいました。千住の組長から神代会の情報を聞き出して、小野瀬組長に流している可能性もある、と。そんな疑いのある千住の組長に、手打ち式などやらせるのはどうか、というご心配もいただきましたが」

「妄想だな」

淡々と説明した高園に、柾鷹はハッと短く吐き出した。

ふむ、と小さくうなって、代行が顎を撫でる。

「それについちゃ事件が解決すればいずれはっきりするだろうが…、ま、必要があれば、朝木さんにはここへ来て釈明してもらえるのかい？」

軽く、いかにも何気ない流れだったが、代行の口から出ると命令に近い。

――が。

「必要ないですよ。あいつはヤクザじゃねぇし、俺もあいつに会の内部情報をしゃべることはない。あいつが聞いてくることもないし、興味もないでしょう」

代行相手だったが、柾鷹はぴしゃりとはねつけた。グッと、無意識のうちに腹に力がこもる。そしてにやりと、いかにも意味ありげに笑ってみせた。

「ベッドの上じゃ、そんな興ざめするようなピロートークより他にやることがありますからねぇ…。遙には週二回しか許してもらえてないんでね。俺としちゃ、つまらない話にさく時間はないんですよ」

なかば冗談のようで、しかしまったく冗談でもないそんな柾鷹の言葉に、代行がわずかに目を見開いてハッハッハッ、と大きく笑い出した。

「そうかい。週二回か…。ストイックなんだなぁ、朝木さんは」

代行が目を細める。そしてちょっと顎の下を掻いた。

「千住が激しすぎるせいじゃねぇのか？　優しくしてやらんとなぁ…。あの人に逃げられるのはもったいないからな」

代行の言葉にはいろいろと含みがあるが、言いたいことはわかる。

「もちろん俺の全力で守るつもりですけどね。ま、俺なりの礼儀ですよ。それぐらいしか、俺が返してやれるモンもないですからね」

淡々とした口調で、しかし柾鷹にしても覚悟はあった。

譲《ゆず》れないところはある。たとえ、代行が相手でも、だ。

つるし上げのような場に、遙を出すつもりはない。

「まあ…、希有《けう》なことだからな。ああいう人が望んでわしらみたいな男と一緒にいてくれるってそんな言葉に、ふと、代行も若い頃はそんな相手がいたのか？　と想像してしまう。

もちろん今も囲っている愛人は何人かいそうだったが、……そんな金でつなぐのとは違う関係の相手、だ。

望めば、ヤクザの愛人などでなく、もっと自由で楽な人生はいくらでもあった。

それでも――、だ。

そばにいることを選んでくれた相手。

柾鷹は吐息でそっと笑った。

「俺も精いっぱい、機嫌はとってますよ。ま、焦《じ》らされるのもイイもんですしね。その分、俺も燃えるんで」

「若いもんは体力があるからな。楽しみ方もいろいろというわけか」

笑いながら、代行がのっそりと立ち上がった。

「手打ちについては、この件が落ち着いたら、また話すとしようか」

はい、と頭を下げて、柾鷹は代行が部屋を出るのを見送った。

姿が消えてから、ハァ…、と長い息を吐き出す。

「こんなこと話してんのがバレたら、また遙に怒られんだろーなー…」

目に見えるようだ。柾鷹からすれば、今さら、とは思うのだが。

柾鷹が遙にラブラブのメロメロだということは、すでに神代会では周知の事実だ。ことあるごとに、柾鷹自身がそれを強調もしてきた。

隠したところでいずれはバレるのなら、前面に押し出した方がいい。

だからこそ、それでもし手を出してくるなら相応の覚悟をしろや――、ということだ。

「そうですね。まあでも、代行も一応納得されたんじゃないでしょうか」

狩屋が後ろから静かに応える。

遙にかかったつまらない疑惑を否定し、もし呼びつけられるようなことがあれば、全力で阻止する、という意思表示をしたわけだ。

「ま、俺も身を挺して守ったってことでなっ」

いい方に解釈し、柾鷹は立ち上がった。

普通にひと部屋が作れそうな幅の広い廊下を抜けて玄関へ向かうと、いつの間にか後ろには高園が見送りについていた。

「千住の組長、わざわざご足労いただきましてありがとうございました」

丁寧に一礼する。そしてさらりと世間話のように言った。

「朝木さんのまわりは相変わらず騒がしいようですね」

「ま、人気者だからな」

柾鷹は靴べらを使って靴をはきながら、スカして返す。

「有能な方ですからね。誰もが手に入れたがる」

事実ではあるが、ある種、脅しにも近い言葉に、ちろっと柾鷹は視線を上げる。そして肩をすくめて言った。

「また磯島がいろいろと騒いでんだろ？」

手打ちが柾鷹に任されたことで、磯島が嫌がらせに走っている、ということは、代行も当然、わかっているはずだ。

「ええ、まあ」

高園がやはり感情の読めない表情で微笑む。そして柾鷹を見つめて言った。

「朝木さんを信用されているんですね」

「他の男の入る隙がないくらい、たっぷり可愛がってるからなー。……あ」

柾鷹は反射的に返してから、また怒られるヤツだ、と思い出す。こほん、と咳払いした。

「ま、小野瀬に遙が寝取られるよーなことはねぇよ。あいつは自分で稼げるから金で転ぶ心配もねぇし」

「ええ。例会に自ら乗りこんでこられた朝木さんですからね。その心配はしておりませんが」

高園がうなずく。

「今回の件は、基本的には神代会とは関わりのないことですから、うちとしても大きな問題ではありません。ただ以前から少し、情報がもれているんじゃないかという懸念がありまして」

「……あ？」

初めて聞く話に、柾鷹は思わず顔を上げて高園を見た。

「今のところたいした内容じゃありませんし、特に実害が出ているわけでもありません。それでもどこから聞いたのか、内々の雑談の中で出たような話を美原《みはら》連合の宮口が知っていたり、内部の通達がいやに早く外へもれていたりする事案が散見されておりますので、代行としても少し気をつかっておられます」

つまり、遙に対する疑いは完全に消えたわけではない、ということか、あるいはその漏洩《ろうえい》元を調べろ、ということか。もしくは、その両方か。

「水漏れは小さなうちに塞いでおかないと、広がってからでは対処が面倒になりますからね」

柾鷹も単なる世間話を聞いたふうに肩をすくめてうなずいた。

「そうだな。ま、俺も腐ってそうな場所を探してみるよ」

お願いいたします、という言葉とともにするりと両手が差し出される。持っていた靴べらを渡すと、お気をつけて、と丁重な見送りを受けた。

やれやれ…、とネクタイを緩めながら外へ出ると、すでにとっぷりと日が暮れていた。

今日も遙は帰ってこない。

もちろんこれまでも出張やなんかで数日会えないことは普通にあったが、それとは違ういらだちと焦燥感《しょうそうかん》だ。

警察に捕まったとしても、神代会の連中に捕まったとしても、とりあえず殺されることはない、というのは救いだが、それでも、今無事なのか？　と。逃げるように一人で隠れているのは、やはり精神的につらいと思う。警察に追われるような生活に慣れているはずもない。

車のところへ行くと、助手席から若いのが飛び出して、お疲れさっす！　と、リアシートのドアを開ける。

狩屋と二人で後部座席に乗りこみ、ゆっくりと車が走り出してしばらく、運転している若いのが、何か気になるようにしきりとバックミラーを直していた。

「あの…、なんかずっと、車が一台、ついてきてんですけど…？」

そしてようやく、おずおずと口にする。

「わかっている。気にするな」

「は、はい」

狩屋が短く答えると、ちょっと安心したように、ペコッと頭を下げて運転に専念する。

実際、千住の本家を出た時からいたのだ。黒のミニバン。なんなら、人一人を拉致《らち》る準備は万端という感じだ。

「俺が遙に会いに行くと思ってんのか…？」

「ヒマですね」

ため息交じりにうなった柾鷹に、狩屋がバッサリと切って捨てた。

助手席の若いのが噴き出しそうになって、あわてて口を押さえている。

やがて車は千住の本家に到着し、門を入ると「お帰りなさっせー！」の合唱で迎えられた。玄関前で車が停まると、待っていたジャージの部屋住みがサッとドアを開く。

のっそりと降りた柾鷹は、ちらっと門の方を振り返った。

遠くヘッドライトの明かりがパッ、と揺れて、そして闇に吸いこまれるようにして消えたのがわかる。エンジンを止めて、道の端へでも駐車したようだ。

ふん、と鼻を鳴らすと、柾鷹は玄関ではなく、門の方へ早足でもどった。

「組長…？」

えっ？　と部屋住みたちの驚いた眼差しを感じたが、無視してそっと門の端をすり抜ける。

そのまま大回りして後ろの方から駐まっていたミニバンに近づくと、柾鷹は助手席の窓をノックした。

かすかな機械音でスモークのウィンドウが開き、無愛想な顔を見せたのは磯島だった。

息子の方だ。磯島光毅《こうき》。

つけていることはあえて示していたのかもしれないが、このタイミングで来るとは思っていなかったのか。

「なんだ、跡目自らが張り込みか？　磯島さんところはよっぽど人手不足のようだな」

せせら笑った柾鷹に、光毅が柾鷹をにらむようにして言った。

「それだけ重大なことなんだよ。まだ帰ってこねぇってことは、やっぱり姐さんはケツまくって逃げたんじゃねぇのか？」

「旅行中だからなー。今頃温泉でのんびりしてんじゃねぇのか」

とぼけた柾鷹に、光毅がいまいましげに吐き出す。

「すぐに見つけるさ。関東中のヤクザが捜してんだぜ？」

「ほう？　いつの間に磯島が関東を代表するヤクザになったのかな？」

まあせいぜい磯島の傘下と、その派閥の組くらいだろう。神代会の連中も、そこまで磯島に付き合ってやる義理はなさそうだ。

「別に隠すことがなけりゃ、逃げる必要はないだろうが？　堂々と釈明すりゃいいだけだ。ヘタに逃げるから疑われるんだよ」

「おまえみたいなゲスいブタ野郎に追いかけられたら、誰だって逃げたくなるさ」

「なんだとっ？」

めんどくさくなって投げやりに言い放った柾鷹に、光毅がわめいた。

いきなりドアが開き、柾鷹は、おっと、と危うく避ける。

光毅がその柾鷹の胸倉をつかんで、ドン！　と車の後部ドアに背中をたたきつけた。

「あんたとこの姐さんは戸川にどう関わってるんだ？　どういう関係がある？　それとも誰かに頼まれたのか？　あぁっ？」

怒りといらだちをにじませて凄んだが、脅す相手を間違えている。

「誰が戸川を殺したんだよ？　知ってんだろ、あんたの女はっ。それか…、てめぇ…、何を企んでるっ!?」

鼻息が荒く、かなりの興奮状態だった。クスリでもやってるのか？　と疑いたくなるほど。

柾鷹はわずかに眉を寄せた。

正直なところ、何を言っているのかわからない。企むってなんだ？

「あのな…」

締め上げられ、いくぶん詰まった喉からようやく声を出し、次の瞬間、柾鷹は片手で男の手首を握り潰す勢いでつかんだ。

「誰に何を吹きこまれたか知らねぇが、遙は無関係だっつってんだろ！」

柾鷹もいらだちのままに叫ぶと、そのまま男の額に頭突きを食らわせた。ギャッ！　と叫び声とともによろめいて、何歩か後ずさった男の腹をさらに思いきり蹴り飛ばす。

暗闇の中でよく見えなかったが、光毅の身体は地面に倒れ、少し斜面になっていた草むらを転げ落ちたようだ。

「こ、光毅さん！」

運転席にいた男があわてて飛び出してくる。

かまわず柾鷹は肩のあたりの汚れを払い、曲がったネクタイを指で解くと、やれやれ、と門の方へともどっていった。

「見てたら助けろよ…」

「必要ないでしょう」

門前で待っていた狩屋をちろっと眺めて文句をつけるが、あっさりと返される。

と、ようやく狩屋の横にもう一人、男が立っているのに気づいた。

三枝《さえぐさ》だ。戸川の弁護士。

もちろん狩屋は三枝がいるのを知っていた、というより、三枝が来ていることに気づいて、門前まで出てきたのかもしれない。

「……なんだ、あんたも俺を見張ってんのか？」

いかにもなため息をついて、うんざりと柾鷹は言った。

「いえ、単に訪問しただけですよ。その後、何か進展がないかと思いまして」

「ねぇなあ」

スカした調子で聞かれ、無慈悲に答える。

「朝木さんから連絡はありましたか？」

「ノーコメント」

手を振って言うと、柾鷹はさっさと門を入っていく。

「私は敵ではありませんよ。情報交換といきませんか？」

しかし背中からそんな声がかかって、仕方なく振り返った。

「交換できる情報があるのか？」

「いくらかは。突き合わせてみれば新しい発見があるかもしれません」

胡散くさい笑みだ。

「あんた、単なる雇われ弁護士だろう？　どうしてそこまでこだわる？　そんなに戸川によくしてもらったのか？」

そこが不思議だった。そこまで戸川の人間性がよかったとも思えない。

まあ、たまたま馬が合ったということもあるのだろうが。

「まぁ…、そうですね。よくしてもらいましたよ、貴弘さんには。趣味のコレクションも、俺が死んだらやるよ、と言われていましたし。こんなに早く譲り受けることになるとは思いませんでしたけどね」

「コレクション？」

静かに言った三枝に、柾鷹はちょっと首をかしげる。

「万年筆のコレクターだったんですよ。貴重品が百本以上はあると思うので、まあ、一財産ですね」

「趣味のいいことだな」

ヤクザに似合わず、だ。……そういえば、一応、戸川はカタギだったのか。

「お邪魔しても？」

さっさと入っていく柾鷹の背中に、三枝が声を上げる。

柾鷹は片手を上げただけでそれに応えた。

どんな小さな情報でも、今は掻き集めるしかない——。

11.

「殺せるの？」

静かに尋ねた遙に、橘がヒュッと息を吸いこんだ。頬のあたりが引きつっている。

「俺には、君が人殺しができるようには思えないけど」

「それは……」

橘がうつむいて、唇を噛みしめる。

「お姉さんの復讐だと言ってたけど、これだけのことを君一人で考えて実行してるわけじゃないよね？」

長い、復讐計画だったようだ。

姉を失ってから十五年もの間、ずっとそれだけを考えて生きてきたのだろうか？

中学、高校、大学と、友人を作り、恋人を作り、未来を思い描き、一番自由に、幸せに生きていられる時期に。

だとしても、無理があると思う。

「コンビニでバイトして、事故の時の防犯カメラを見た、って言ってたっけ？　それで、戸川のことがわかった、って」

「は、はい…」

橘がうかがうように遙を見上げ、おずおずとうなずく。

「お姉さんが亡くなった時、橘くんは小学生くらいじゃないかな？　さすがにコンビニでも雇ってもらうのは無理だと思うよ」

ハッ、と橘が顔色を変えた。

「バイトしてたのって、別の人だよね。もっと年上の人。それに、今教習所に通ってるなら、まだ車の免許は持ってないよね？　電車で死体を運ぶのは大変だと思うよ」

「あ、あの……」

橘は口を開けたものの、答える言葉をなくし、ただあえぐように動かしただけだ。

「内部の事情にもくわしすぎるかな。戸川についてもだけど、小野瀬さんの事情も、千住や俺についてもね。もっとこっちの業界に近いところにいる人じゃないかな？　君が小野瀬さんのところで働き始めたのも、戸川の立ち回り先で働いて話を聞けたのも、ピンポイントで君に教えた人がいるはずだ」

橘が落ち着かないように視線を漂わせた。

「その人に指示されて動いてるの？」

そう、主導しているのは別の人間のはずだ。

静かな問いに、橘がハッと顔を上げた。

「ち、違います！　俺も手伝いたかったから…！　俺も…っ、姉さんのために何かしたかったたから…！」

声を上げた橘の目から、涙がこぼれ落ちていた。

これだけのことを一緒にやる人間だ。橘にとっても大事な人なのだろうと思う。

「その人を人殺しにしてもいいの？」

問いとも、非難ともつかない言葉に、橘がそっと目を伏せた。ほんのかすかな笑みが、口元に浮かぶ。

「あの人は…、姉さんの仇《かたき》がとれたら、それでいいって。どうせ自分も死んでるのも同じだから、って言ってたんです」

……なるほど。そこまでの覚悟を決めている人間なのだ。

「姉さんが死んだ時、留学してたから……助けられなかった、ってよけい自分を責めてて」

「どういう関係の人？」

何となく想像しながらも、遙は尋ねた。

「姉の…、恋人だったんですよ。一つ年上の、ちっちゃい頃からの幼馴染みで。俺にとってもいい兄貴みたいな。将来は普通に結婚して、ほんとの兄貴になるんだな、って思ってた……」

ある日、いきなり壊されるまでは。

「俺は…、ほんと、子供で何もできなかったけど、あの人は姉のために…、自分の将来も全部捨てたんですよ。十五年かけて、必死に戸川に近づいて、信頼も得て。あとは仲間の二人を探り出せばいいって思ってた時に戸川が殺された。ここで…、あきらめるわけにはいかなかったんですよ。自殺で終わらせるわけにはいかなかった。手がかりは戸川だけだったから」

「俺や小野瀬さんは、どうせヤクザだし、巻きこんでもいいと思った？」

「あ……」

瞬間、橘の顔が強ばった。

厳しい言葉かもしれない。あるいは逆に、どの口が言うんだ？　と非難されることかもしれない。

ただ、今、問題なのは。

「一度始めたことは、いつか終わらせなきゃいけない。でも始めるのは簡単でも、きれいに終わらせるのは難しいものだから」

なんでも、そうだ。

柾鷹との関係も——決してきれいな始まり方ではなかったが、始まってしまった。

どこかで終わらせることもできたのかもしれない。もっと傷が浅いうちに。

それでも、続けることを選択してここまで来た。

どんな終わり方になるのかは、想像もできない。きれいには終われないかもしれない。

それでも最後の瞬間には——柾鷹の目を見て、楽しかった、と言えればいい。

それが遙にとっては、人生を全部捨てて選んだことなのかもしれない。

「俺…、小野瀬さんに消されるんですかね…？」

引きつった笑みを浮かべて言った橘に、遙は吐息で笑ってしまった。

「それはないよ。ただ…、そうだな。橘くん、ポーカーハウスのディーラーなんだろう？　しばらくは働かされるかもね」

小野瀬は合理的な男だ。きっと元がとれるまで、使えるところに使う。

ああ…、と、橘がホッとしたのか、肩の力を抜いた。

ほどよいところで抜けさせてもらえるといいのだが。

「それで、そのお姉さんの恋人って、誰？」

12

三枝を応接室に待たせ、柾鷹はまず着替えに二階へ上がった。

狩屋は着替える必要もなさそうだったが、一緒に上がってくる。

このわずかな時間でいろいろと話し合う必要があると、おたがいに認識しているのだ。意見のすりあわせというのか、頭の中を整理するためにも、とりあえず何でも思いついたところを口に出しておきたい。そうでなくとも、面倒な案件だ。

柾鷹は家に帰るといつも楽な甚平《じんべい》姿なのだが、三枝と会うことを考えると、さすがにそこまでラフにはなれず、クロップドパンツにストライプのシャツという、……まあ、やはりかなりラフな格好に落ち着いた。

「にしても戸川の件は…、いろんなことがチグハグだし、ヘンなんだよな…」

着替えながら、柾鷹は口にした。

「やはり、ヤクザがらみではないかもしれませんね」

狩屋が冷静に答える。

「戸川も一応、カタギの仕事をしてたんだし、やっぱそっちの方か……」

「もしくは三枝が言っていた、十五年前の件ですね」

そうなる。そのあたりは宇崎からの連絡待ちだ。

狩屋も調べていたようだが、さすがに十五年前というだけでは、事件が多すぎたようだ。

「小野瀬にもいっぺんねじこんでみるが…、まァ、今回は無関係かもなー」

パンツを穿《は》いて腰へ引き上げながら、柾鷹は言った。

小野瀬の行動は、とりあえずスジが通っている。自分の店での事件を通報もさせている。裏商売の店を一つ潰したことになるが、それでもヘンに勘ぐられるよりはマシ、という判断だったのだろう。

「ヘンと言えば、磯島ジュニアがなァ」

思い出して、柾鷹はうなった。

「確かにおかしいですね。光毅さんはふだん、人をつけまわすようなつまらない仕事を自分でやる方でもないですし」

「妙に情緒不安定気味だったしな…」

知らず眉間に皺を寄せる。

「何でしょうね？ 何かあせっているというのか、怯えているというのか…」

後ろで見ていて、狩屋も感じたようだ。

そう、あのテンションの高さは、そのあせりや怯えをごまかそうとしているようにも思える。

「磯島のオヤジが噛みついてくんのはわかるが、息子の方はこれまでそんなに組の仕事に興味はなかっただろ？」

「ええ、金を稼ぐより使う方に熱心な方ですからね」

狩屋がうっすらと笑う。

「ずいぶんと遙を気にしてたようだが……」

そもそも遙がいた店は、遺体発見現場ではあっても、殺人現場ではない。それで遙を容疑者に決めつけるのは、かなり無理スジだ。小野瀬との関係を追求しようとするのはわかるが、それにしても傘下の組の総力を挙げて、追いまわすほどか？　とも思う。

とことん追求したいのなら、今でなくとも、次の例会ででも正式に柾鷹に要請すればいい。手打ち式も延期になったのだ。

「……まさか、マジで惚れたんじゃねぇだろうな？」

思わず疑心暗鬼になってしまうが、狩屋が吐息で笑った。

「女好きのようですよ。清楚系を相手に、かなり激しめのプレイがお好みとか」

「よく知ってんな……」

そんな他人の、個室の中でしかさらさないような性癖を。

少しばかりうろんな目で狩屋を眺めてしまう。

「ただ柾鷹さんがあまりあちこちでのろけまくってらっしゃるので、興味を持たれた可能性はありますね」

かまわず、どこか澄ました調子で続けられ、うむ…、と柾鷹は低くうなった。

これからは、もうちょっとだけ、自重した方がいいのかもしれない。

「そういえば……、磯島の組長はどこから遙さんの情報を聞きつけたんでしょうね？　宇崎さんでないとしたら」

狩屋が思い出したように言った。

そういえば、そうだった。

「他にも飼い犬が中にいんのか…？」

「それもあり得ますが」

とりあえず着替え終わり、柾鷹は何気なくスーツのポケットに入れっぱなしだった携帯をとり出すと、無意識にじっと眺めた。

自分の携帯だが、ふだん自分で持って歩くことは少ない。狩屋に預けっぱなしなのだ。だが今は…、何かのタイミングで遙からかかってくるかもしれないし、取り損ねて何か危険な状況になってもまずい。……まあ、たいてい、遙は狩屋の携帯にかけているのだが（可愛くない…）。

「……今、電話していいと思うか？」

ふと、口から出た。

もちろん遙に、だ。向こうが電源を落としている可能性もあったが。

それに狩屋が淡々と答える。

「どちらかと言えば昼間の方がよさそうですね。夜はどこかのホテルに入っていらっしゃるでしょうから、万が一、場所が特定されたら、そこから逃げるのは難しくなります」

「ああ…」

なるほど、と柾鷹はうなずく。

納得はしたが、……やはり声が聞きたかった。

安全を確認したいし、気持ちが滅入《めい》ってないかも確かめたい。

と、その時、ふいにくぐもった着信音が響いた。狩屋の携帯のようだ。

「おっ？　以心伝心か？」

思わず笑みがこぼれた柾鷹だったが。

「宇崎です」

内ポケットからとり出して相手を確認し、狩屋が告げた。

おもしろくない以心伝心だ。

が、情報があればもちろん聞きたい。

狩屋が電話に出て、スピーカーにした。

「何かわかったか？」

挨拶もなく、柾鷹はウォークインクローゼットから出て、寝室のベッドに腰を下ろしながら尋ねた。

『そうですねえ…、まあ、少しばかり』

いくぶん口ごもるように宇崎が答える。

何か、宇崎としては楽しくない事実でも見つかったのだろうか。

『あぁ、そういえば、朝木先生にお会いしましたよ。小野瀬の事務所で』

が、いきなり思い出したように、軽い調子で爆弾を落とした。

「……あぁ？」

柾鷹の方が目を剝いてしまった。思わず狩屋と視線が合う。

何やってんだ？　と顔をしかめたが、……まあ、自分で小野瀬に確認に行ったんだろうな、と想像はつく。

想像はつくが、マジか、というのが心の声だ。

一永会の小野瀬だ。一永会の会長補佐でもある。

会いたいからと会える相手でもないし、ほいほい会いに行っていい相手でもない。そもそも組事務所なんか、よく知っていたな、と思う。

時々、底知れない遙の行動力を感じてしまうところだ。

「遙は……、どんな様子だったんだ？」

『ああ、いえ、ちらっとお顔をお見かけしただけなんですよ。アタシは上司と一緒でしたし、先生は先に来られていたようですが、アタシらが来たんで、隠れてらっしゃったようで。お変わりなさそうでしたけどね』

なるほど、とうなずく。なんと言っても、警察から逃げている最中だ。

それでもわざわざ宇崎に顔を見せたということは、そのうち柾鷹と連絡をとるのがわかっていたからだろう。

「あ、遙のＧＰＳは、もう警察で追いかけてんのか？」

『いやぁ、許可は下りてないと思いますがね。ただこういうのは抜け道もありますからね…』

やはり危ない、ということだ。

「それで、わかったことはありますか?」

柾鷹の前に立って、携帯を差し出したままの狩屋が尋ねる。

『ああ、はい。まず戸川の死因ですが、睡眠薬の大量摂取でしたよ。どうやら当初は自殺のセンを狙っていたんですかねぇ…』

「死体が持ち出されなければ、ですね」

狩屋がうなずく。

「で、十五年前の事件ってのはわかったのか?」

柾鷹は口を出した。

『それなんですがねぇ…。これがどうも』

宇崎が言いづらそうに口の中でうなる。それでも、ようやく話し始めた。

『橘岳人という名前で引っかかりましたよ。十五年前に姉が交通事故死しています。大学二年の時で、……戸川と同じ大学でした』

都内の有名私大らしい。なかなかに意味深だ。

「事故死、ですか?」

狩屋が確認する。

『ええ、飛び出しということで片がついてます。もちろん運転手の過失はあったでしょうが、暗闇からいきなり飛び出してきたということでね…』

「他にあんだろ？」

そこで言葉を切った宇崎を、柾鷹はせっついた。そのくらいのことなら、宇崎がしゃべるのを迷う理由はない。

『ええ、まあ。……実は、磯島組長のところの光毅さんがやはり同じ大学でしたよ。同学年です。……どうやら大学時代、二人はよくつるんでいたようですねぇ。ちょこちょこと暴行だの、ドラッグパーティーだので捕まっておりましたわ』

ため息交じりに、宇崎が言った。

確かに宇崎の立場では、面倒な名前が出た、と思っただろう。

「よく調べましたね。あの大学の定員は数千…、いや、万を超えているでしょう？」

狩屋がめずらしく感心している。

『まぁ、光毅さんの出身大学を知ってましたんでねぇ…』

宇崎が苦笑いする。

「じゃあ、なんだ？　神代会と美原連合傘下の組の息子同士がツレだったってことか？」

柾鷹は確認する。

『当時は光毅さんも家のことを隠していたようですし、戸川はそもそも外の子ですしね。それでも境遇《きょうぐう》は同じなので、気が合ったのかもしれませんなぁ』

「で、その二人が女の事故死と関係があるのか？」

確かに興味深い事実だが、今回の件と関係があるのかが問題だ。

『直接はないんですが、ただ戸川は、事故の前に橘の姉へのつきまといで注意を受けとりますねえ…』

それは何かないと考える方が、ちょっと難しい。

「それだけですか？」

『はぁ…、まあ』

狩屋の問いに、歯切れ悪く宇崎が返す。

「何かありそうだな？　全部吐けよ」

『まいりましたな……』

宇崎が頭を掻いている様子が目に浮かぶ。

少し沈黙したあと、ようやく宇崎が言った。

『もう少しだけ、お時間をいただけますかねえ？　ちょっとこれは、アタシもよく確認してからでないと、口に出すのはどうも……』

どうやらよほどのことらしい。もともとが汚職警官で、モラルも何もない宇崎がこれほど言葉を濁すとは。

柾鷹はちらっと狩屋と視線を合わす。が、今、せっついても難しそうだ。

「一時間以内にかけ直せ」

それだけ言って、柾鷹は電話を切った。

「じゃ、ちょっくら弁護士先生の相手をしてくるか」

のんびりと言って、柾鷹は立ち上がった。

が、何か大きく動きそうな予感があった——。

◇　　◇

「待たせたな」

応接室に入ると、三枝が自分の腹の前で指を組み、じっとソファにすわっていた。目の前に出されていた冷茶にも手をつけていないようだ。

部屋住みが二人と、前嶋《まえじま》がドアのところに立っていたが、話が弾んでいたふうではない。

柾鷹たちが入ってきた気配に、スッ…と三枝の視線が上がる。

平静な様子だったが、何か……身体の中に爆発寸前のモノをはらんでいるようにも感じる。

何か——怒りを、必死に抑えこんでいるような。

「いえ、こちらこそ、おいそがしいところをすみません」

棒読みのような口調だ。

「宮口のオヤジさんはどうだ？　少しは落ち着いたのか？」

それでも気づかないそぶりで、柾鷹は男の前に腰を下ろしながら世間話のように尋ねた。

「ええ…、ようやく少し。そろそろご遺体ももどってくる頃ですから、お葬式がすめば気持ちの整理がつくかもしれませんね」

淡々と穏やかな口調だ。

「それで、何か新しいことはわかりましたか？」

まっすぐに柾鷹を見て、なかば挑むように尋ねてくる。何か覚悟を決めているような眼差しだ。ヤクザのお抱え弁護士とはいえ、なかなかの度胸だ。こうして一人で、敵対組織の本家に乗りこんでくることも、だが。

それを真正面から受け止めて、柾鷹はさらりと返した。

「先にあんたの話を聞きたいね。警察からいろいろと情報があったんじゃないのか？」

そんな柾鷹の言葉に、三枝が少し考えるように首をかしげた。

「そうですね…。警察からは死因の説明を受けましたよ。睡眠薬の過剰摂取だったようです」

「ほう？　だったら自殺だったかもなァ…」

知ってはいたが、柾鷹はとぼけて言った。

「私の知る限り、貴弘さんは睡眠薬など飲んでいませんでしたから。それに、そもそも死体は歩きませんよね」

「まァ、そうだな」

微笑んで言った三枝に、柾鷹もハッハッ、と笑ってやる。

「そういえば、最初に遺体があったのはどこなんだ？　わかってるのか？」

宇崎には聞いてなかったな、と思いながら、柾鷹は尋ねた。

「自宅マンションのようです。チェストの角に血痕が残っていて、頭の傷とも形状が一致したようですから」

そんな説明に、なるほど、とうなずく。

と、その時、息詰まるような空気の中に、軽やかな音がくぐもって響いた。

携帯のようだが、ありふれた着信音で、そこにいた誰もがいっせいに反応する。が、いつまでたっても鳴り止まない。

「組長、携帯をお持ちですか？」

と、耳元で後ろから狩屋に聞かれ、ようやく思い出した。

さっきパンツのポケットに移していたのだ。

「……と、失礼」

愛想笑いで、柾鷹は携帯を引っ張り出す。が、発信元は番号だけで名前が表示されていない。

実際のところ、柾鷹の番号を知っている人間はきわめて限られていて、全員登録はあるはずだった。

間違い電話の可能性が一番高かったが——。

『……あ、俺』

もしもし、と応答した柾鷹の耳に、馴染んだ、少し照れくさそうな声が流れこんでくる。

聞き違えるはずもない。

遙――、と声に出そうになって、ようやく喉元で押しとどめた。

ちらっと狩屋と目が合い、遙だ、と無言のまま伝える。

じっと柾鷹を見つめている三枝の鋭い視線も感じる。

「どうしたんだ？　この番号」

しかし気づかないふりで、柾鷹は会話を続けた。

『あー、しばらく使えると思う。携帯、借りたんだ』

そんな当たり障りのない返答だったが、ああ…、と柾鷹も思い出した。

「そうか。小野瀬か」

小野瀬に借りたんだな、ということは容易に想像できる。小野瀬なら、常時数台は予備の携帯も持っているはずだ。

というか、たいしたタマだな…、と思わず笑ってしまった。

小野瀬のところに乗りこんで、図々しく携帯まで手に入れるとは。

それでも登録もないところから、自分の番号を覚えていたのか、と思うと、やっぱりちょっと、胸がムズムズする。素直にうれしい。ふだんこの番号にかけてくることはめったになかったのに。

柾鷹はゆったりとソファに背中を預けた。

「おまえ、小野瀬のところに行ったんだってな？」

少しばかりねちっこく問いただす。

『宇崎さんに聞いたのか？』

「帰ってきたらお仕置きだからなー」

『なんでだよ』

耳元で聞こえる遙のあきれた声にもワクワクしてしまう。

「で、問題はないのか？」

まわり中が聞き耳を立てていることを自覚しつつ、さりげなく柾鷹は尋ねた。

『昼間、ちょっと追いかけられたよ。多分、神代会の誰か』

「何？」

ちょっと笑うように言われて、柾鷹は思わず声を上げてしまった。

どうやら、うっかり見つかったらしい。

『捕まってないから大丈夫だよ。それに、小野瀬さんはこの件には関係ないと思う』

確信を持った遙の声が聞こえてくる。

やはり直《じか》に話した遙の印象でもそうらしい。

『戸川を殺したのは、昔の仲間の誰かかな。三人組の一人』

「ほう…」

三人組。ということは、戸川と磯島光毅と、あと一人――か。

『俺や小野瀬さんを巻きこんだのは、やっぱり橘くんだったよ。十五年前にお姉さんを戸川たちに殺されたらしくて』

「ああ…、それはさっき聞いたところだ。事故じゃなかったのか？」

遙の声は、せいぜいすぐ後ろにいる狩屋くらいにしか聞こえていないだろう。

事故、の言葉が柾鷹から出た瞬間、三枝の表情が強ばり、ビクッ、と一瞬、腰が浮いたようだ。

息を殺すようにして、柾鷹を凝視している。

『その三人に暴行されて、逃げ出したところを追いかけられて事故に遭ったみたいだな』

痛ましげな遙の声。

『その十五年前の件で最近、戸川は女に脅されていたみたいだけど、その女も殺されて、次が戸川。仲間の口封じに走ってるみたいだね。それで、他の二人をあぶり出すために、橘くんが死体を小野瀬さんの店に移したみたい。まあ、犯人を動揺させるためかな』

「なるほど…」

柾鷹は小さくうなずいた。

確かに自分が殺した死体が、別の場所で見つかればかなりあせるだろう。しかも、小野瀬の店ならなおさら、さらに「千住の姐」が発見者ならさらに混乱を招く。

つまり、小野瀬や遙は、昔の事件について何か知っているのではないか？　と。あるいは戸川が、何かしゃべっていたのではないか、と犯人から見ると疑いたくなるわけだ。

……なるほど、光毅がひどくあせっていたのはそういうことか、とようやく柾鷹も腑《ふ》に落ちた気がした。遙が何か知っているのではないか、と疑って、追いかけまくっていたわけだ。

『今度の計画、橘くんも手伝ってたみたいだけど、主導してたのはもう一人、お姉さんの恋人だって』

「名前は？」

『三枝さん。多分、おまえの近くに顔を出してるんじゃないかな？』

名前が出た瞬間、柾鷹はまっすぐ前を見つめた。

「ああ…、知ってる名前だ」

口元に小さな笑みを浮かべたまま、視線はそらさずに答える。

三枝が強ばった表情のまま、大きく息を吸いこんだ。ゴクリ、と喉が鳴る。

バレた――、と察したはずだ。

『その人も橘くんも、三人を突き止めて、復讐を考えてるみたいだね。戸川は死んだから、あと二人かな』

「それは勝手だが、そのためにおまえが巻きこまれたのか？　関係ねぇのに？」

『まぁ、そうなるね』

遙は苦笑したが、笑いごとではない。

「……小野瀬にぶち殺されればいい」

『過激だな…』

思わず低くうなった柾鷹に、遙がため息をついた。

『人殺しはさせたくないよ』

静かに言った遙の言葉が、チクリ、と胸に刺さる。

細い針が、深く、鋭く、胸の奥まで入りこんでくる。

柾鷹は一瞬、目を閉じた。

『うまく片がつくといいけどな』

そんな言葉に、柾鷹はそっと微笑んだ。

「この電話、安全なのか？」

『多分ね。数日は大丈夫だと思うけど』

まあ、小野瀬のことだからぬかりはなさそうだ。

「じゃ、あとでまたかけ直す。おやすみコールなー」

『いいよ、別に』

素っ気ない遙の声。

「……遙、もうすぐだ。すぐに帰ってこられる」

それでも静かに、はっきりと言った柾鷹に、ああ、と耳元で遙がささやくように、柔らかく答えた。

そして、ひどく楽しげな声が耳に弾ける。

『そうだ。次に会ったら、おまえ、ちょっと驚くと思うよ』

「あ？　なんだよ？」

そう言われると気になってしまうじゃないか。

『お楽しみ』

◇　　◇

「……さて。だいぶんわかってきたようだな」
電話を切り、そのままテーブルに置いて、柾鷹は目の前の男に向き直った。
三枝は何も言わないまま、まっすぐに柾鷹をにらんでいる。
——なるほど、復讐者の目か……。
ようやくわかったような気がした。
苦い思いが柾鷹の胸に突き上げる。
その是非《ぜひ》を問うつもりはない。人それぞれに正解は違う。
柾鷹自身、復讐の感情に身を委《ゆだ》ねたことはあったから、気持ちはわかる。
さらに言えば、柾鷹にとって復讐はメンツでもあり、ケジメでもあった。
それを全《まっと》うしなければ、極道の世界で生きてはいけない。
遙が知れば、きっと——苦しむだろうけれど。
そして、今の柾鷹のケジメは、だ。
わずかに身体を起こし、前のめりになっておもむろに腕を伸ばす。

それを息を詰めるようにして見ていた三枝のネクタイを、いきなり引きつかんだ。喉が締まるのもかまわず、テーブル越しに三枝の身体を力ずくで引きずり寄せる。

ガタガタッ、と椅子が激しい音を立て、重いテーブルがぎしり、と軋んだ。

ハッとしたように、立っていた連中の身体が一瞬、動いたが、もちろん手出しはしない。

三枝の身体はほとんどテーブルに乗り上がっていた。息苦しさにテーブルの表面に爪を立て、バタバタと瀕死の生き物のように手足を動かす。ぐぁっ…と濁った音を喉から絞り出した。酸素が足りず、顔は真っ赤になっている。

「俺や遙を利用して、タダですむと思ってねぇよな…？」

耳元でささやくように言うと、柾鷹はいったんネクタイから手を離した。

ぐはぁっ、と大きく息を吸いこみ、力を失った三枝の顔がテーブルに落ちる。柾鷹はそのままぜぃぜぃと荒い息を継ぐ男の髪をつかむと、ゴン！　とテーブルにたたきつけた。額の端に血がにじみ出す。

「遙は警察にマークされるし、神代会からも追われてる。その責任はとってくれんだよなっ？

——えぇっ!?」

もう一度、髪をつかんで顔を上げさせると、柾鷹はその顔の間近から恫喝《どうかつ》した。

三枝は大きく胸をあえがせ、目に涙をにじませて、必死に口を開く。

「残りの二人を……、殺せたら…、あとはどうだっていいさ……！」

振り絞るような、これまでとは違う、魂の叫びだ。

そう、戸川のためじゃない。自分のために、犯人が知りたかったのだ。復讐するために。

そのために——十五年かけて戸川に近づき、自分の気持ちを押し殺して、戸川のそばで働いてきた。

素直にそれはすごいと思う。そこまでの忍耐力は、柾鷹にはない。

「ま、あんたの落とし前はあとでつけてもらうとしてだ」

言いながら柾鷹は手を離し、男の顔が力なくテーブルに落ちる。血の跡がこすりつけられるように、テーブルに這っている。

「戸川のツレの一人は、磯島組の息子だろうな。磯島光毅」

「磯島……、光毅」

必死に顔を起こしながら、かすれた声で三枝が繰り返した。

「戸川は、十五年前の事件はオヤジには言ってないんだろう。まあ、事故死で片付いてるしな。光毅も同じだろう。磯島のオヤジは何も知らない。自分の息子が宮口の息子と、今もつるんでるってこともな」

肩をすくめた柾鷹に、狩屋がうなずいた。

「ああ…、では高園さんがおっしゃっていた水漏れも？」

「光毅だろうな」

親の目を盗んで、今も二人はコソコソといけない遊びをしていたのかもしれない。

二人、なのか、あと一人も交えて、なのか。

だがおそらくは、その一人が裏切った。

「問題は残りの一人なんだなー…」

柾鷹はソファにすわり直し、腕を組んだ。

「わからないのか…っ!?」

悲痛な声で三枝が叫ぶ。

「いずれはわかるだろ」

それにあっさりと柾鷹は返す。そして、にやりと笑った。

「まァ、手っ取り早い方法もあるけどな」

そう言って、視線を窓の外へやった。

庭の向こう、正面の門のまだ向こう。

ハッとしたように、前嶋が声を上げた。

「いいんですか…?」

つまり、光毅自身に聞けばいい。もちろん、素直にしゃべってくれるとは思えないから、手荒な手段になる。

警察にも、三枝にも、なかなか難しいやり方だろうが、柾鷹としては問題ない。

「とりあえず、丁重にお招きすりゃいい。ま、あのガキも、そろそろ作法を覚えていい頃だしな。昼間は遙を追いかけまわしてくれたようだし」

柾鷹はにやりと笑った。

ガキとは言ったが、光毅は柾鷹より一つ年上のはずだ。

あとで磯島の組長が何か言ってきたにしても、柾鷹としては抗弁の余地は十分にある。人をつけまわしてくれた件、遙を追いまわした件、そして水漏れの件――だ。

文句を言うくらいは、普通だろう。

まあ、殺すつもりはなかった。柾鷹は、だが。

「私が行きます。……おまえら、一緒に来い」

前嶋が部屋の中にいた二人を連れて、外へ出た。

血だらけの額を手のひらで拭《ぬぐ》い、ぐったりとソファにすわりこんだまま、三枝が息を呑むようにして柾鷹や狩屋を眺めている。

十五年、待ち望んでいた瞬間が来るのだ。傷などなんでもないのだろう。

と、その時、携帯が着信音を響かせた。今度は狩屋のだとわかる。

「宇崎です」

狩屋が告げて、ちらっと柾鷹に確認してから、スピーカーにする。

どうも、と何か疲れたような宇崎の声が聞こえてきた。

「確認とやらはとれたのか？」

容赦なく、まっすぐに柾鷹は尋ねる。

はぁ…、と宇崎がため息のような声をもらす。

『ええ…、間違いないようで』

「もう一人、戸川たちとつるんでた男がいたんじゃないのか?」

『それは書類上には出てきてないですな…。ですが』

宇崎が再びため息をつく。

『同姓同名かと思って確認してみたんですがね…、あと一人、同じ学年に覚えのある名前がいましてね』

弱り切った声で、宇崎が言った。

『これはコトですよ……』

13

夜のオフィスに自分の靴音だけが響いていた。

エレベーターを上がって、八階のフロアが戸川のオフィスだ。

自社ビルらしく、最上階の十階とその下の九階を自宅として使っており、八階がオフィス、それから下はテナントに貸しているらしい。

夜の十時を過ぎて、廊下もオフィスも、最低限の常夜灯に落とされている。

会社のロゴがデザインされた重いガラスの扉を押し開け、遙は薄暗い中へと入っていった。

鍵はかかっていない。ということは、わかっていた。

若干の既視感《きしかん》に、遙はちょっと背中が寒くなる。この間死体を見つけた時も、ちょうどこんな感じだったのだ。

入ってすぐはかなり広い、開放的なスペースで、受付と大きな観葉植物に、ソファとテーブルがいくつか。ちょっとしたホテルのロビーのようになっている。

が、指定は「戸川のオフィス」だったので、一番奥の社長室だろう。

基本的にオフィスはガラス張りのようで、外の街明かりも廊下まで入っている。

突き当たった先は重厚な一枚板の大きな扉で、「President's Office」の金のプレートがかかっていた。

そっと息を吸いこんでから、遙は力をこめてその扉を開く。

照明はついていなかったが、外の明かりが大きな窓を通して差しこみ、奥に大きなデスクと椅子があるのがわかる。さらに奥には休憩室でもあるのか、ドアがもう一つ。そこそこの広さのようだ。

横の壁が何か光ってるな…、と思った時だった。

パッ…、といきなり、天井から明るい光が降ってくる。

まぶしさに一瞬、目をすがめたが、それでも状況は把握できた。

何か光っていると思ったのは、どうやら飾り棚だったようだ。左右の壁にラインのように横一線、ガラスのはまった棚が作りつけられ、中に入っていたのは——万年筆だろうか。どうやら、コレクターだったようだ。

そしてその壁際に、男が立っていた。質のよさそうなスーツ姿で、初めて見る顔だ。

さらにもう一人、扉の脇で照明のスイッチを入れた男だろう、そちらはもっと年配で、顔見知りだった。

「なんだ…、早いですね。もう来てらしたとは」

そっと小さく息を吐き、遙は微笑んで言った。

場所と時間を指定したのは遙の方だ。が、まあ警察であれば、鍵を預かることも簡単だろう。

「お待たせしましたか？」

「朝木、遙さん？」

何気ないように尋ねた遙に、若い男の方がうかがうような眼差しで確認してくる。

「ええ」

「ああ、やっとお会いできたようだ」

男がパッと破顔し、朗《ほが》らかに笑ってみせた。愛嬌のある童顔だ。

この男が白木《しらき》のようだ。白木拓美《たくみ》。捜査一課管理官で警視正。三十四歳。この年で警視正なら、もちろんキャリアだ。

父親も同じく警察官僚だったらしく、今は転身して県知事を務めているらしい。近々、国政に打って出る——という話を、遙も狩屋から聞いていた。

「なかなか捕まらないのでね、幻の女かと思い始めていたところでした」

「ウィリアム・アイリッシュの？」

「私は映画くらいしか観てないんですけどね」

そんなたわいもない、だまし合いみたいな会話を、宇崎がいくぶん居心地が悪そうに二人を見比べながら聞いている。

「俺はそこまで重要証人じゃないでしょう？」

「いやいや、そんなことは。重要な鍵を握る人物じゃないんですか？　……こんな場所でわざわざ話があるとは」

にこやかに白木が言う。が、その目は冷たく、まったく笑ってはいない。

決定的な言質《げんち》をとらせない言葉選びも、さすがだった。

今の状況では、単に遙に――捜査の重要証人から連絡をもらってここに来た、というに過ぎないのだ。

白木と戸川と磯島光毅が、大学時代につるんでいた遊び仲間だった。当時は相当に悪い遊びもしていたらしい。戸川と光毅の父親はヤクザで、白木の父親は警察官僚だ。何かあっても簡単にもみ消せる。暴力ででも、権力ででも。ほとんど無敵、ということだ。

だが卒業後、白木は二人から距離をとったらしい。まあ、将来を考えれば当然だろう。バカをやってた学生時代とは違う。

特に問題がなければ、それぞれが力を手にして好き勝手に生きていったのだろう。

が、女が――吉永果穂が、昔のことで戸川を脅してきた。どうやら果穂は最近ホストに入れ上げていたらしく、小金が欲しかったようだ。

戸川としては、昔の話だし、すでに事故で片がついている。今さら騒いでもどうにもならないだろう、と高をくくっていたようだが、とりあえず光毅と白木に報告を入れたらしい。

うるさいことを言ってきている女がいる――、と。

……このあたりは、柾鷹が光毅を締め上げて聞いた話のようだ。

すると、そのあとすぐに女が殺されて、戸川としては白木がやったのだと感づいた。

実際のところ、十五年前の事件が蒸し返されて困るのは、白木くらいなのだ。もともとヤクザである光毅にとっては、今さら何がバレてもその程度のこと、であり、戸川もいざとなればシラを切ればいい。疑惑があっても証明されなければどうということはない。

だが、白木は違う。警察キャリアであり、すでに昇進も決まっている。十五年前、女を暴行したあげく事故死させた、などと、疑惑が出ただけでアウトだ。将来は絶望的になる。

なんとか女の口を封じ、これで当時のことを知る人間はいなくなった――わけではない。

白木からすれば、戸川と光毅こそ、一番やっかいな証人なのだ。当時は一緒に事件を起こした共犯者であるが、今の状況では圧倒的に白木の分が悪い。弱みを握られたままでは、いつまた戸川や光毅に脅されるかわからない。

戸川がどのあたりまで想像していたのかはわからないが、結局、殺された。

そして戸川が殺されたら、さすがに光毅も考えるだろう。白木が自分たちの口を塞ぎにかかっているのだ、と。

だが、自宅で殺したはずの戸川の遺体は小野瀬の店で見つかり、なぜか千住組組長の愛人がその場にいたらしい。

もちろん、白木は混乱したはずだ。小野瀬や遙が何か戸川から聞いて知っているんじゃないのか、と疑った。

白木は自ら手を上げて捜査に参加し、通例にないのを承知でわざわざ現場に出て、宇崎とバディを組んだ。宇崎が磯島の子飼いの刑事だと知っていたからだ。

光毅にも自分から連絡をとり、戸川を殺したのは自分ではなく、小野瀬か遙が組んで何かを企んでいる、と吹きこんだ。

磯島のオヤジが遙のことを知ったのも、白木が光毅にリークし、光毅がそれをオヤジに話したのだろう。

三枝や橘の存在を知らない白木からすれば、いまだに遙が何か関わっている、と思っているはずだった。

だから、今日の午後、光毅の携帯から白木にメッセージを入れたのだ。

遙が話したいことがあるからここに来いと言っている——、と。

遙が来ることに関しては柾鷹とひと悶着《もんちゃく》あったのだが（電話でだ）、狩屋の冷静な判断でそれが一番白木の疑いを招かない、という結論になった。

光毅では不安定すぎてまともな話ができない可能性が高く、三枝では問答無用で殺しにかかりそうで、それでは誰が戸川を殺したのかがうやむやになりそうだ。つまり、きっちり遙が無関係だと証明できない。柾鷹は自分が行く、と最後まで言い張っていたが、柾鷹相手では白木が警戒するだろう。油断を誘えない。

遙自身、自分でケリをつけたいところはあったし、白木という男の顔を見ておきたいと思ったのだ。

白木とこうして対面してみて、ヤクザみたいに悪党が悪党みたいな顔だとわかりやすいのにな、というのが、素直な感想だった。

犯罪者を相手にするキャリア警察官にも見えないが、女性をもてあそび、平然と二人を殺すような男にも見えない。

なんだろう、おっとりとした老舗企業の二代目、という風情だ。

これはだまされるな…、と思いながら、それでも気を取り直して、遙は言った。

「白木さんですね。お一人でいらっしゃるかと思っていました」

「彼は大丈夫ですよ。問題ありません」

宇崎を顎でさして、さらりと白木が答える。

どういう意味で「大丈夫」と言っているのかはわからないが、白木からすれば、何かヤバイことを見聞きされても宇崎なら口止めできる、という判断だろう。まあ、もともと汚職警官だ。買収はたやすい。ここで自分の本性がバレたら、そのまま手先として利用してもいい、という計算があるのかもしれない。

そんな紹介に、宇崎がちょこっと頭を下げた。

比較的口数の多い男だと思うが、今は一言もしゃべらない。

「光毅も来るのかと思いましたが？」

そして白木も、少し怪訝そうに尋ねてくる。

「俺もそう思ってましたけどね。まあ、時間にルーズな男だから」

白々しく言った遙に、そうですね…、と白木が苦笑する。昔からそうだったのだろう。

「で、朝木さんの持っている情報というのはどんなものでしょう？　それに、戸川と朝木さんとの関係もお聞きしたいですね」

戸川と遙との関係は、おそらく相当に調べたのだろう。それでも出てこなかった。まあ、もともと何の関係もないので当然ではある。

「朝木さんは千住の組長の愛人…、ですよね？　戸川とはどういう接点が？　大学も違ったようですし」

「まぁ、この業界、横のつながりもあるんですよ」

肩をすくめ、遙はそれをさらりと流す。

「何のために戸川の死体をあの店に運んだんですか？」

その遙の表情をうかがいながら、白木が低く聞いてきた。

「マンションで死んでれば自殺で片付けられたのに、ですか？　まあ、あなたが圧力をかければ、それで簡単に片付いたかもしれませんね。でもそれだと気の毒でしょう？　もしかすると、あなたに殺されるかもしれない、と戸川さんが言ってましたからね」

白木が殺したのだ、と指摘したに等しい遙の言葉だったが、白木は冷静に言った。

「なるほど。では、あなたは死体遺棄を認めるわけですね？　朝木さん」

「あなたは戸川と吉永果穂という女性を殺したのを認めるんですか？」

まっすぐに聞き返した遙に、白木が唇だけで笑った。

「どうして私が戸川や…、その女を殺さなければいけないんです？」

さすがに用心深く、決定的な言葉を口にはしない。

「知ってますよ？　十五年前にあなたが……、あなたたちがしたことはいろいろと」

言いながら、遙はふらりとデスクに近づき、その端に腰を引っかける。

その言葉にスッ…、と白木の表情から笑みが消えた。低い声が脅すように響く。

「戸川が何を言ったか知らないが、何の証明もできないでしょう？」

「何の証明もできなくて、俺があなたをわざわざ呼び出したと思いますか？」

あえて軽やかに遙は返した。

ずっと質問の応酬だ。

白木がふっと息を呑み、少し考えるように顎に手をやった。

「朝木さんは……何がしたいんです？　何が目的ですか？」

「そうですね…、取り引きでしょうか。あなたのような方が味方にいてくれると、何かあった時に心強いですしね」

微笑んで答えた遙に、白木がわずかに目をすがめる。

「それは、千住の組長の指示で？」

「いえ…、むしろ俺が千住から逃げる時のためかな？　ヤクザから逃げるには、やっぱり警察権力の力があると楽そうですからね」

柾鷹が聞いたら、ギャーギャー叫びそうなセリフだ。そう思うと、ちょっと笑える。

それに、ふっ…と白木が吐息で笑った。

「もちろん、暴力団と縁を切りたい人を守るのも警察の務めですが…、まず私が戸川を殺したという証拠があるのなら、それを見せてもらえますか？」

そして厳しい声で突きつける。

「戸川を殺した証拠じゃありませんよ。十五年前に、あなたたちがしたことの証拠です。そしてあなたが戸川を殺した動機ですね」

「そんなものはない！」

冷静に答えた遙に、さすがに焦れたように白木が叫んだ。

「そのわりには、ずいぶんとあせっているように見えますが？」

少しからかうような遙の言葉に、白木が肩で大きく息を吐く。

「つまらないゲームは終わりにしましょう。何かあるのなら、さっさと出してください。今回は見逃してあげますから」

「へえ…、見逃してくれるんですか？　戸川たちを見てると、とてもそうは思えませんけど」

あえてあおるような口調。

「あなたも同じ目に遭いたいんですか？」

冷たい目がにらみつけてくる。柔和なお坊ちゃんのような表情はすでに消え、ゾクリとするような酷薄な雰囲気だ。

人殺しの眼差し――。

とはいえ、遙もそんな目を知らないわけではない。

「今度はどうやって口を封じるつもりなんです？　戸川は睡眠薬でしたっけ…。吉永という女は絞殺だったかな」

「希望があるのなら、あらかじめ聞いておきますよ？」

白木が鼻で笑い、ゆっくりと近づいてくる。

「いいんですか？　刑事さんの前でそんなことを告白して」

男から目を離さないまま、遙は言った。

そろそろ白木も我慢の限界なのだろう。

「この人は大丈夫だから連れてきたんですよ。何かあっても正当な行為だと証言してくれるでしょうし。ねえ、宇崎さん？」

「……ですな。アタシも宮仕えですからねぇ。誰に従うべきかは知ってますよ」

ため息をつき、白木の後ろでようやく宇崎が口を開いた。

「すみませんねぇ…、朝木さん」

遙は大きなため息をついてみせた。何気ないように、少し短くなった前髪を搔き上げる。

「大変ですね。若い頃のあやまちを隠蔽《いんぺい》しようとして、今になって人を二人も殺して。どんどん罪が重くなってますよ？　頭のいいやり方じゃない」

要するに、バカ、と言われたことがスイッチだったのか。

「黙れっ！」

白木がキレたように叫び、次の瞬間、遙につかみかかった。

身体ごとぶつかるように体重がかかり、後ろのデスクに上体が押し倒される。腕がつかまれ、何かカチャ…、と金属音が耳に届いた。そして、手首の冷たい感触と。

何だ？　と思った次の瞬間、肩がつかまれ、強引に身体がひっくり返されて、もう片方の手首にも冷たい金属があたる。

——手錠……？

そんなものを持ってきていたのか、と、さすがに驚いた。

広いデスクにうつ伏せに身体が押さえこまれ、後ろ手に拘束される。

無理な姿勢に肩が痛み、顔をデスクに押しつけられてかなり息苦しかった。

「私がどんなやり方ででもおまえを始末できるのがわからないのか…！」

遙の頭を爪を立てるようにして強くつかみ、どこかヒステリックに白木があざ笑う。

反射的に首をひねり、肩越しに見た男の顔は醜く歪んでいた。

「——朝木さん！」

少しあせった宇崎の声が耳に届く。

と、その時だった。

バン…！　と、激しくドアのたたきつけられる音が響いたかと思うと、次の瞬間、タックルされる勢いで白木の身体が吹っ飛んだ。

そのままもつれるように床へ転がり、素早く身を起こした男が白木に馬乗りになって顔を殴りつける。

「柾鷹！　……おいっ、もうよせ！」

あせって遙は叫んだ。

さすがに相手は警察だ。しかも、キャリアの。暴行、傷害と、一発でアウトだ。

……三、四発もいったあとではすでに遅いが。

肩で息をついて、ようやく柾鷹が立ち上がった。

向き直って遙に近づき、――大きく目を見開く。

「……おい、遙。マジか、おまえ」

「え、何が？　……ああ」

ぽかんと遙を――その頭を見つめたままの柾鷹に、ようやく思い出した。

そうだ。昨日、小野瀬のところを出たあと、また神代会の連中に見つかっても面倒だと思ったので、美容院に寄って生まれて初めて髪を染めたのだ。

アッシュグレー。できるだけ印象を変えたかったので、少し紫がかった色合いで、軽くパーマもかけている。

そういえば、柾鷹が見たのはこれが初めてだったか、と思い出す。ずっと電話だけだったし、今日も柾鷹たちは先に来て、奥の部屋でじっと待機していたのなら、遙の姿を見る機会はなかっただろうから。

だが今は髪色などどうでもいい。

「それより、手錠」

「あ？」

「外してくれ」

「ああ…、うーん」

なんとなく名残惜しそうにしているのがなぜなのかは、あんまり考えたくない。

組長、と後ろから宇崎が声をかけて、鍵が投げられる。

チッ…、と舌打ちして、仕方なさそうに柾鷹が遙の手錠を外した。

やれやれ、と遙は少し擦れて赤くなった手首を撫でる。

気づいた柾鷹が片手をとって、そっと握りしめた。

「大丈夫だったか？」

遙の顔を見て尋ねた言葉は、ここ数日のことだろう。

「ああ。別にたいしたことはなかったよ」

少し強がって遙は返す。

じっとすぐそばから顔がのぞきこまれ、吐息が頬に触れる。うっかりキスでもされそうな熱っぽい眼差しだったが――。

「おまえ…ッ、こんなことをしてただですむと思ってるのか…！」

甲高い声が少し緩んでいた空気を切り裂いた。

よろけるようにして、ようやく起き上がった白木が凶悪な顔で吠える。さすがに髪は乱れ、形相も変わっているようだ。

「あー？　タダほど高いものはねぇからなァ…」

ことさらのんびりとした口調で返しつつ、柾鷹は何気ない様子で遙の前に身体を移動させて、白木と向き合った。

「公務執行妨害だぞっ！　宇崎さん、今の、見ていましたよねっ!?」

嚙みつくように聞かれ、はぁ、と宇崎が頭を搔いている。

「仮にも組長が食らう刑にしちゃショボいなー。キャリアの警察官を殺せば、ムショの中でもいい顔ができそうだが」

にやりと笑って返した柾鷹に、白木が一瞬、ビクッと身体を震わせる。息を吞み、ようやく少し冷静さをとりもどしたらしい。

「あなたは…、そんなにバカじゃないでしょう」

柾鷹をにらみながら、切れて血のにじんだ唇を拭って言った。

「そうだな。殺すまでもない。あんたの旧悪がバレるやばいモンをこっちが持ってりゃ、あんたは黙るしかねぇもんな？」

へらへらと笑って挑発した柾鷹に、白木がギリッと歯を食いしばる。

「そんなものはないんだろう？　戸川の話だけで。あったとしても、戸川は死んだんだ。もう使いようがない。何も立証できないさっ」

「そうですか？　光毅さんがまだ残っていますよ」

思わず口を挟んだ遙に、白木が憎々しげに吐き出した。

「あのバカはどうにでもなる。ヤクザの証言など、まともに取り上げられるはずもないし、証言する度胸もないだろうからな」

「へぇ…、そうかよ」

と、ふいに低い男の声が聞こえてきた。

さっき柾鷹が隠れていた奥のドアではなく、遙が入ってきた正面の扉の方だ。

遙は顔を知らない男が一人——と、その男の腕を引くように入ってきたのは狩屋だ。

男の方も少しばかり顔を腫《は》れ上がらせている。

遙は思わず眉を寄せた。問うように柾鷹を見たが、柾鷹はあさっての方を向く。

——いったい何をしたんだか……。

遙はため息をついた。

柾鷹の拳が……手の甲が腫れているのがわかる。さっき白木を殴っただけではないのだろう。

遙はそっと手を伸ばして、その手に自分の手を重ねた。

その上に、柾鷹がもう片方の手を重ねてくる。

「光毅……」

ゆっくりと近づいてくる男を見て、驚いたように白木がつぶやく。

なるほど、この男が磯島光毅らしい。

「ひさしぶりだな…、白木」

ふらりと白木の前に立ち、光毅が皮肉な笑みを浮かべて言った。

「やっぱ、戸川を殺したのはおまえなんだな」

そしてまっすぐに言い放つ。

さすがに息を吸いこんだまま、白木は返事をしなかった。

「ま、昔からおまえは俺たちを見下してたもんなァ…。女もクスリも、それに金も、俺たちに都合つけさせてたくせにな」

「別に、そんな……」

言い訳がましくつぶやき、白木が視線をそらした。

「おまえが役に立ったのは、女が死んだ時、警視庁のお偉いさんだったオヤジさんに泣きついて、ただの事故としてさっさと処理させたくらいだもんな」

光毅のその言葉に、ガタン、と後ろで何か音がした。

「やっぱり、おまえら……！」

どうやらもう一人、いたらしい。スーツ姿の、同い年くらいの男だ。

……三枝、だろうか？

猛然とこちらへ近づいてこようとしたが、デスクにもたれていた柾鷹が身体を伸ばして、片腕で男の胸を押さえて制止する。

男は唇を噛み、白木と光毅の二人をにらみつけた。

しかし三枝の存在など、今の二人の目には入っていないようだ。

「でも大学を出たとたん、俺たちを切ったよなァ…。まるで知らない人間みたいに無視してよ。ま、ヤクザとつるんでるなんて知られたら、警察官としてはまずいもんな」

「な、何を言ってるんだ、こいつは……？」

白木が必死に笑い飛ばそうとするように、唇を歪めた。

「十五年前の事件…、証拠も何もないと思ってんのか？　戸川はそこまでお人好しじゃなかった。ちゃんと証拠は握ってたさ」

「何……？」

白木が目を見開き、かすれた声がこぼれる。

「言ってたよ。もしものことがあったら、証拠はちゃんと弁護士の手に渡るようになってる、ってな」

その言葉に、えっ？　と三枝が声を上げた。

「どういう…？」

とまどったような眼差しで柾鷹を見る。

「コレじゃないですか？」

と、声を出したのは狩屋だった。

その目は壁の飾り棚に向けられている。

「あぁ…。そういや戸川は死んだらおまえにこのコレクションをやる、って言ってたんだろ？心当たりはないのか？」

ハッとしたように、三枝が飾り棚に近づいた。

「多分…、これだ。一番大事にしていたのは」

ガラス張りの飾り棚は鍵がついていたようだが、それを探す時間も惜しいのか、三枝はガラスをたたき割ると、震える手で中の一本をとり出した。

「昔、母親からプレゼントされたものらしくて、もう書けなくなってるけど、一番大事にしているものだと言っていました」

どうやら、モンブランのシンプルな黒の万年筆だ。胴軸の太さは十五ミリほどもあって、かなり大きい。

「中を見てみましょうか」

狩屋が万年筆を預かって、こちらのデスクに近づいてくると、手際よく分解を始めた。

キャップを外し、首軸を外す。どうやらペン先は残っているものの、カートリッジは入っていないらしい。

代わりに、胴軸からビニールに入った何かを引っ張り出した。

キラッと光った小さな金のペンダント。カモメだろうか。翼を広げた鳥がモチーフのようだ。

「麻衣《まい》…、麻衣のだ…！　俺が麻衣の誕生日にプレゼントした…！」

三枝が飛びついてビニールに入ったペンダントをつかむ。

「あんたが遺言で託されるとは皮肉な話だな。よほど信頼されてたわけだ」

柾鷹がどこかあきれたように言った。

三枝はなんとも言えない顔で、ただペンダントを見つめている。

「ああ…、女が死んだ時につけてたやつだろ？　白木の指紋がべったりついてるってよ。あの時…、三人で女をもてあそんでた時、白木がおもしろそうにそのペンダントをいじってたからな」

「それだけじゃ、何の証拠にもならない。別にペンダントくらい触ったこともあるさ…！」

三枝が涙のにじんだ目で男をにらんだが、白木は視線をそらしてうそぶいた。

「おっと…、これは何かな？」

と、柾鷹が手を伸ばして、もう一つ、デスクに落ちていた小さなビニール袋を摘み上げた。

「メモリーカードですね」

狩屋が確認する。

「戸川、アノ最中にずっと携帯で録音してたんだぜ？　あとからデータを移したって言ってたよ。将来、あんたが警視総監にでもなったら、いい話のネタになるってな！」

光毅がせせら笑う。

「ほう…、じゃあ、声も入っているわけだ。三人ともな」

ビニールを指先で振りながら、柾鷹がことさら感心したように大きな声で言った。

音声と指紋があれば、確かに揺るがない。

「……宇崎さん！　こいつらを逮捕しろっ！」

と、いきなり白木が顔を真っ赤にして叫んだ。

「ハァ？　バカ言うな。何の容疑だよ？　だいたい宇崎はうちの犬だぞっ！」

光毅がそれに嚙みつく。

「逮捕したければ俺をしろ！　――こいつを殺したあとでなっ！」

三枝が向き直って白木に詰め寄ろうとした。

が、柾鷹が強引に肩をつかんで引きもどす。

「離せっ！」

がむしゃらに三枝が暴れたが、柾鷹は無造作に男の腹を蹴り上げ、狩屋の方に向かって蹴り飛ばした。

遙は思わず顔を背けてしまう。

ちょっとやりすぎだ、と思うが、基準がわからない。

「おまえに復讐はさせねぇよ。十五年を無駄に潰せ。……それが遙へのオトシマエだ」

しかしピシャリと放たれたそんな言葉に、遙はハッとした。

人殺しをさせたくない――、無意識に柾鷹に口走った言葉を、受け止めていたのだろうか。

「だったら、俺が復讐してやるよ！　こいつが戸川を殺したんだからな！」

光毅がギラギラと目を怒らせてわめいた。

「何が復讐だ…。社会のクズを一人殺すくらい、むしろきれいになっただろう。褒められていいくらいだなっ」

白木の方も、すでに体裁を取り繕う余裕など完全に消えたようだ。

「バカはバカらしくおとなしくしてればよかったものを…！　おまえは昔から戸川のケツにくっついてるだけの臆病者だったよ。だから殺さず逃がしてやってたのに……」

「ふざけるなっ！　クソがっ！」

光毅が大きく振り被って、白木に殴りかかる。おたがいがむしゃらに顔をつかみ、髪をつかみ、膝で蹴り上げ、床へ転がってもつれ合う。

チッ、と舌打ちして、柾鷹が手近な光毅を背中から羽交い締めにして押さえこんだ。同時に狩屋が、白木の腕をつかんで引き寄せる。

柾鷹がちらっと狩屋に視線で合図をすると、そのまま光毅の身体をズルズルと引きずるようにして扉を抜け、エレベーターホールまで連れていった。

そのあとに、白木を後ろ手に拘束したままの狩屋が続き、ハッと我に返った遙たちもあわてて追いかける。

エレベーターのボタンを肘で押してから、柾鷹があとから連れてこられた白木に向き直った。

「離せ…！　何をする気だっ！」

「あんたのことをどうするかは、いろいろ考えたよ。正直、俺はあんたに何の関心もない。直接的な恨みもねぇし、社会正義を果たそうって気もない」

激高してわめいている白木に、柾鷹が淡々と告げる。

「だから、あんたについちゃ、直接利害関係のあるヤツに任せることにしようと思ってな」

三枝に？　と遙は一瞬、ドキリとしたが。

ちょうど到着したエレベーターが、がらりと扉を開く。

柾鷹が顎で合図をすると、狩屋が白木を中へ押しこんだ。そのあとから、柾鷹が光毅を中へ突き飛ばす。

「宇崎…！　おまえ、何をやってる!?　どうにかしろ…っ」

扉のこちら側を見て、中から白木があせったように叫んだ。

「すみませんねぇ…」

いかにも申し訳なさそうに宇崎が頭を掻く。

「アタシ、言いましたでしょう？　誰に従うべきかは知ってる、とね」

柾鷹が手を伸ばして、一階と、そして閉じるのボタンを押し、素早く外へ出る。

扉が閉まり、かすかな機械音を上げて、エレベーターが動き出した。

と、怒鳴り声と罵《ののし》り声と叫び声。そして悲鳴と壁に何かが当たる激しい音が響いて——どんどん遠ざかっていく。

狩屋がおもむろにもう一度、エレベーターのボタンを押した。

隣にあったもう一台のエレベーターが、入れ違いに上がってくる。

ペンダントを握ったまま呆然と立っていた三枝に顎で入れ、と指示し、遙の腕を引くようにして柾鷹も乗りこんだ。そのあとから宇崎が、そして最後に狩屋が乗って、一階を指定する。

到着してロビーへ出ると、妙にホッとして遙は大きな息をついた。

「——遙、先、出てていいぞ。車が待ってる」

柾鷹が何気なく言ったが、……遙はそっと息を吸いこんで、ただ首を振った。

そうか…、と小さく肩を落とし、柾鷹がエレベーターに向き直った。

もう一台のエレベーターは、当然先に到着していたはずだが、すでに扉は閉じている。

中は静かだった。

「さぁて。何が出るかな？」

柾鷹がのんびりとつぶやく。

「いやはや…、開けるのが恐ろしいですなぁ…」

宇崎がため息とともに声を震わせた。

パンドラの箱以上に不吉な予感しかしない。

ちらっと柾鷹を見て、宇崎がボタンを押す。

パッ、と明かりが灯《とも》り、中の様子がはっきりと見えた。

まず、鮮血――。エレベーター中を赤く塗り潰すような。

遙は思わず息を呑んだ。

壁にもたれかかるように倒れているのは、白木、だろうか。

そして光毅は立ったまま、表情はなく――だらりと下げた手の先にナイフを握っていた。

肩であえぐように大きく息をしている。

狩屋が光毅を連れてきたのなら、ナイフを持たせていたはずはない。白木が隠し持っていたのだろうか。

ハァ…、と宇崎が大きな息をついた。

「応援を呼びましょうかね……」

誰に言うともなくつぶやく。

「おい、大丈夫なのか？　磯島の息子を逮捕するような真似をして」

心配してやっているわけでもないだろうが、柾鷹が首をひねって尋ねている。

「はぁ…、いやぁ…、まったくだいじょばないですがねぇ…」

軽口のつもりか、まったく似合っていない若者言葉で宇崎がうめく。

「前門の虎、後門の狼ってことわざを、生まれて初めて噛みしめてますよ」

確かに、警察組織と磯島組の挟み撃ちだ。

「まあしかし、さすがに目の前で警視正を殺されて、そのままってわけにもいかんでしょう」

大きな問題にならなければいいが…、と遙としては心配してしまう。

多分、今回の事件で一番とばっちりを食らったのは、宇崎なのだ——。

14

「きさま…、千住の！　どういうつもりだっ？　光毅に何をした!?」

パトカーが到着するより少し前に駆けつけてきたのは、磯島の組長だった。

一日帰らなかった息子のGPSを確認したのか、光毅の運転手の方はここに来る前に解放したので、そこからの情報だったのかもしれない。

血相を変えて柾鷹に詰め寄った磯島の肩を気安くたたき、柾鷹は大きな笑顔で言った。

「いや、磯島の組長。光毅さんは男でしたね…。今回は俺も見直しましたよ」

「なんだと…？」

まだまったく状況を把握していない磯島が、ぎょろりと柾鷹をにらむ。

「きっちり自分でオトシマエをつけたってことだ。武勇伝ですよ。磯島の組長も鼻が高いでしょう。キャリアの警視正を殺《や》ったなんてのは、自慢の息子だ」

大げさに褒めあげた柾鷹の言葉に、磯島が目を見張る。

「何の話だ!?　光毅が…？　キャリアの警視正だと？」

「何年のお勤めになるかわかりませんが、将来が楽しみだなァ…」

もっとも、殺人なら二十年。だが、ヤクザというオマケがつけば、もろもろ加重されて三十年になってもおかしくはない。出てきた時にはよぼよぼかもしれないが。

そしてこそっと、耳元で柾鷹はつけ足した。

「出てきた時、あんたの組が残ってりゃいいなァ…」

「どういう意味だ？」

磯島がうかがうような目を向けてくる。

「ほら、あんたの息子は大学時代からのお友達の戸川の仇をとったわけだ。泣ける話だが、美原連合の宮口の息子とお友達、ってのは、ちょっと神代会としては容認できるかどうか……。ま、そのへんは代行の判断でしょうがね」

特大のブーメランが返ってきたわけだ。

「な…、光毅が？　おまえ、いったい何の話をしてるんだ？」

と、ちょうど応援のパトカーが到着し、救急車もやってきて、ビルの前にバタバタと停車した。

もっとも救急車は必要なかっただろう。めった刺しだったから、すでに出血多量か、ショック死の状態だ。

そこに、中から宇崎が光毅の片腕をとった状態で現れる。

「光毅！　おまえ、何を……。宇崎っ、きさま、何をしてるっ！　なんで光毅が……」

血まみれでうなだれている光毅を見て、磯島が呆然とした顔で叫んだ。

柾鷹はそっとその場を離れる。少し離れたところに駐まっていた車に素早く乗りこんだ。

遙が先にリアシートに乗っていて、狩屋が助手席だ。

柾鷹が乗ったのを確認して、出せ、と狩屋が運転手に指示する。

真夜中の街を、車はスムーズに走り出した。

途中、とぼとぼと歩道を歩いてた三枝を追い抜いていく。向こうは気づいていなかっただろうが。

遙は気づいたようで、とっさに振り返って眺めていた。

――結局、誰かを人殺しにしたわけだが、三枝でなかっただけ、まだマシだろうか。

まあ、人殺しに、マシも何もないわけだが。

「宇崎さん、大丈夫なのか?」

ポツリと遙が尋ねてくる。

「まぁ…、クビにはならねぇだろ」

肩をすくめて、柾鷹は答える。

みすみす警視正を見殺しにしたことは問題だろうが、宇崎の証言としては、「上司の指示で同行したら、昔の遊び仲間だったというヤクザに殺された」ということに尽きる。

動機について、過去の事件をうかつに掘り起こせば、それはそれで警察としては痛いだろう。

白木の父親が圧力をかけて事件をもみ消した、という話にもなる。現知事の立場も危うくなるわけだ。警察キャリアである自分の息子が、ヤクザとかつては悪い仲間だった、というだけで十分にイメージダウンだというのに。

さらに、吉永果穂を殺したのは、白木か戸川かということは、おそらく証明できない。警察としても、深く調べてババを引きたくはないだろう。戸川ということにしておけば、気休め程度に傷は軽くなる。三枝や橘も、死体遺棄だか死体損壊だかの罪に問われるだろうが、まあ、殺人の隠匿が目的ではないので、情状酌量される可能性はある。

光毅には当然、弁護士がつくだろうが、必要以上にはしゃべらせないだろう。ナイフが白木の持ち物だと証明できれば、なんとか正当防衛が主張できるかもしれない。

なにより柾鷹が言ったように、業界からすれば、キャリア警察官を殺った光毅は「英雄」だ。箔がつく。……刑務所の中では、だが。

つまらないことを言って、その名誉に傷をつけたくはないだろう。

もちろん宇崎にしても、よけいなことはしゃべらない。

磯島からの突き上げはあるだろうが、磯島自身、これから息子の不始末の言い訳を考えなければならなくなる。

キャリア警察官を殺した動機が、美原連合傘下の組長の息子を殺られた報復だとしたら、それはそれで問題なのだ。

「手打ちがいつになるんだかな……」

思わずつぶやいた柾鷹に、狩屋が冷静に言った。

「ひと月は延びますね」

ひさしぶりに――といっても、ほんの三日ほどだったが、もう一週間くらいは、柾鷹もこの離れに来ていなかった気がする。

千住組本家の離れの部屋に入って、遙もようやく落ち着いたように肩の力が抜けていた。

離れの玄関先まで車を乗りつけ、柾鷹も一緒に降りて、のこのことついてきたのだが、とりあえず追い返されずにいる。

遙が疲れているのはわかっていたが、――多分、身体も、心の方も、だ――だからこそ、だろうか。そばにいたかった。

遙はまっすぐに寝室に入って、ばったりとベッドへ倒れこむ。

その横に、柾鷹はのっそりと腰を下ろした。

「見なくていいもん、見せたなー…」

目を閉じてぐったりとしている遙の頬を指先でたどり、柾鷹は小さくつぶやいた。

結果を、予想していなかったとは言わない。死ぬほどの殴り合いになるかとは思っていたが、刃物が出てくることは考えていなかった。

「いや……」

が、目を閉じたまま、遙はポツリと答えた。

◇　　◇

「俺が…、結果を見届けたかったんだよ」

どれだけしんどい結果だろうとも、なのだろう。

遙はいつも、どんなことにも逃げずに向き合ってきた。

——柾鷹に対しても、だ。

だから、惚れたのだ。端的に言えば。もちろん、他にも魅力は満載だったが。

「三枝さん？　橘くんのお姉さんの恋人の…、彼に復讐させてあげた方がよかったのかな…？」

遙が目を閉じたまま、ぼんやりとつぶやいた。

柾鷹は思わず目をすがめる。

十五年。三枝はそのためだけに生きてきたのだ。弁護士はもともと目指していた道だったにしても、復讐のために戸川に近づき、ヤクザのお抱え弁護士になった。

不本意な仕事だったと思う。だがそれも、目的があったからだ。

その十五年が完全に無駄になったわけではないが、それでも虚《むな》しさは残るだろう。

もちろんそれは、復讐できていても同じだったかもしれないが。

復讐——できたことは幸せなのか。単に、自分の手を血で汚すだけの行為なのか。

いつの間にか、柾鷹の指が止まっていて、遙が怪訝そうに見上げている。

「柾鷹？」

瞬きして、柾鷹は小さく笑った。

「ま、やるなら自分にも覚悟が必要ってことさ。あの男は、ちょっと足りなかったかなー」

「橘くんを手伝わせたことは、俺も許せないけどね…」

柾鷹の言葉に、遙が小さくため息をついた。

「でも…、橘くんが手を汚さずにすんだことはよかったよ」

「遙」

ホッとしたようなその言葉に、柾鷹は思わず口を開いた。

「もし、俺が……」

言いかけて、しかし言葉は続かなかった。

続きを待つようにしばらく見つめていた遙の視線から、柾鷹はとっさに目をそらしてしまう。

が、反射的に離れた柾鷹の手がいきなり強くつかまれた。そのまま指が絡められ、きつく握られる。

遙から手を握ってくることは、そうはない。

ちょっと目を見張った柾鷹を見上げて、遙がそっと微笑んだ。

「おまえは……、おまえに後悔がなければ、俺はうれしいと思うよ」

「遙……」

思わず、目を閉じた。

そのまま遙の胸に顔を埋める。その体温に、身体を……心を委ねた。

いつも救われる——。

「ほんと、おまえは御利益のあるお守りだよ」

もし、手に入れられていなかったら。

自分がどうなっていたかわからない。

どこかで立ち止まったまま動けなくなっていたのか、ボロボロになって自滅していたかもしれない。きっと代行や小野瀬の前でも、まともに顔を上げていられなかっただろう。

ちっぽけな、情けない男だったはずだ。

「だったら、たまにはお礼参りしろよ」

くすくすと遙がからかうように言って、もう片方の手で柾鷹の髪を掻きまわす。

もちろん、礼は尽くすつもりだ。

大事に、大事に。丁寧に。いっぱい可愛がって。

いっぱい感じさせて。

わずかに顔を上げ、伸び上がるようにして、柾鷹は遙の身体に覆い被さった。

「その髪…、イイなー」

そして見慣れない髪色と、柔らかいウェーブがかかった髪型に、匂いを嗅ぐようにちょっと鼻先を近づける。

「そうか?」

まんざらでもなさそうに、遙が笑った。

「かなり若く見える。なんか、その髪で手錠されてるのって、……アレ、イメクラ？ 粗相《そそう》をした召使いがご主人様にお仕置きされてるみたいで、ソソったんだよなー」

「想像力がたくましいな…」

にやにやと言った柾鷹に、遙がげっそりとうなる。

「手錠なんか持ってくるなよ？」

そしてしっかりと釘を刺された。

と、思い出した。

「そういや、おまえにはお仕置きしなきゃいけなかったしなぁ」

ねちねちと言いながら、柾鷹は遙のシャツの下から片手を潜りこませる。

「別にお仕置きされなきゃいけないことはしてないだろ？」

「いや、ある」

遙はじろりとにらみ返してきたが、柾鷹はきっぱりと言い返した。

「勝手に小野瀬のとこ、行っただろ？　……あ、この髪、小野瀬にも見せたのか？」

「見せてないよ。染めたの、そのあとだから」

「そうか。よし」

うんうん、とそれは満足して柾鷹はうなずいた。

指先が柔らかな素肌を這い上がり、胸のあたりまでたどり着く。

小さな、感じやすい乳首を探して――もちろんその場所はすぐにわかるのだが、迷っているふりであたりをくすぐってやると、焦れるように遙の身体がわずかによじれる。

それでも強情に、感じていない素振りで、遙が口を開いた。

「……あ、でも携帯貸してもらった時、小野瀬さんの番号、もらったよ。いつかけてもいいって」

「あぁ？」

意地悪く、少しばかり意味ありげに言った遙に、柾鷹は思わず低くうなった。

「あのクソやろう……。手ぇ出すなっつってんだろ」

思わず毒づいてしまう。

「おまえの嫌そうな顔を想像するのが楽しいんだって」

遙がおもしろそうに言い、見透かされているのがさらにムカつく。

「やっぱりお仕置きだな」

断定して、柾鷹は遙の小さな乳首をキュッと摘み上げた。

「——あっ！　……ん…っ」

ビクン、と遙の身体が跳ね上がる。

「もうビンビンに尖らせてんじゃねぇか。もしかして、お仕置きして欲しかった？」

耳元でこそっと内緒話でもするように言いながら、遙のシャツを一気にたくし上げ、舌先でぷっつりと硬く芯を立てる乳首をなめ上げてやる。

「バカ、ちが……——あぁ……っ！」

悲鳴のような声を心地よく聞きながら、一気にシャツを脱がせた。

ズボン越しに触れ合った中心も、おたがいの硬さがわかるくらいに反応している。腰を揺らしてさらにきつくこすりつけると、どくどくと柾鷹自身、身体の奥から熱い塊《かたまり》がせり上がってくるのがわかる。

「その髪…、色が抜けるまでどのくらいなんだ？」

遙の身体を背中から抱き直し、ズボンを脱がせながら、柾鷹は尋ねた。

「わかる…か……っ、――ん…っ、ふ…ぁ…っ」

飛び出した遙のモノを片手でしごきながら、耳たぶを甘噛みする。

とくっ…、と遙の前から蜜が溢れ、柾鷹の指を濡らしていく。

腕の中で熱くよじれる身体が愛おしく、その体温が身体の芯まで沁みこんでくる。溶け合って、一つになっていく。

「髪…、元にもどるまで外出禁止な」

少しかすれた声で、腰を遙の後ろに押し当てながら、柾鷹は有無を言わさず決めた。

「なん…、なん、で……っ？」

遙が困惑したように、荒い息をつきながら、必死に肩越しに振り返って尋ねてくる。

「色っぽすぎる」

一言で返した柾鷹に、遙が一瞬、絶句する。

「バカだろ……」

そしてあきれたように笑った瞬間、遙の身体から力が抜けた。

すかさず、後ろに突き入れる。

「――ふ…、あぁぁ……っ！」

遙の身体が大きく伸び上がり、それを強く引き寄せて、さらに深く、根元まで埋めてしまう。きつく締めつけられ、思わずため息がもれた。ドクドクと、自身の脈打つ音まで聞こえそうだ。

「バカ…っ、はや…く……っ」

ねだるような遙の声に、さらに硬く、大きくなってしまう。

「たまらねぇな……」

激しく揺すり上げ、何度も中でこすり上げられて、たまらず中で爆発させた。

幸福感と、心地よい気だるさが全身を覆う。

おたがいの熱っぽく、荒い息づかいが空気を揺らす中、遙が気だるげにこちらに向き直ってむっつりと言った。

「明日、黒に染め直してくるよ」

「えっ？　それはダメだろっ。もったいな――いて…っ、」

あせって声を上げたが、顔面を容赦なく平手でたたかれる。

「楽しめるのは今日だけだ」

ぴしりと、しかしどこか意味ありげに言われ、柾鷹は急いで両腕いっぱいに恋人の身体を抱きしめた――。

end.

あとがき

こんにちは。ふわーっ！　本編を書きすぎて、今回はキチキチのあとがきです。

さて、今回は殺人事件がらみなお話。本当は「名（迷？）探偵・マサタカ」をイメージして始めたものの、思いきり業界モノ（？）に。意外と宇崎さんがおもしろい役どころでございました。なかなかハードなお話でしたので、次に書ける機会がありましたら、ひさしぶりにコメディに振り切った話にしたいですねー。なんせお笑いヤクザシリーズ…（笑）

イラストをいただきましたしおべり由生さんには、いつも本当にありがとうございます。毎回お手数をおかけして申し訳ありません…。色っぽい二人を楽しみにしております！　そして編集さんにも、今回は初めて担当していただいたというのにもろもろ申し訳ございませんでしたーっ。本当にありがとうございました。おかげで今年も最凶な面々が暴れております。

そしてここまでお付き合いいただきました皆様にも、本当にありがとうございました。シリーズですので、なるべく毎回違うテイストを、と思いながらですが、いかがでしょうか。いっとき、ドキドキワクワクな世界でお楽しみいただけるとうれしいです。またお会いできますように——。

7月　スイカの季節到来！　……ですが、なぜか今、納豆パスタにはまる……。

水壬楓子

ビーボーイスラッシュノベルズを
お買い上げいただきありがとうございます。
この本を読んでのご意見・ご感想をお待ちしております。

〒162-0825　東京都新宿区神楽坂6-46
ローベル神楽坂ビル4F
株式会社リブレ内　編集部

アンケート受付中
リブレ公式サイト　https://libre-inc.co.jp
TOPページの「アンケート」からお入りください。

最凶の恋人—追って追われて—

2023年8月20日　　第1刷発行

■著　者　　水壬楓子

■発行者　　太田歳子
■発行所　　株式会社リブレ

〒162-0825　東京都新宿区神楽坂6-46　ローベル神楽坂ビル
■営　業　　電話／03-3235-7405　FAX／03-3235-0342
■編　集　　電話／03-3235-0317

■印刷所　　株式会社光邦

Printed in Japan
ISBN 978-4-7997-6387-2